# CUANDO EL BARDO VINO DE VISITA

KATHRYN ROSSATI

Traducido por

JOSÉ GREGORIO VÁSQUEZ SALAZAR

Publicado en 2021 por Next Chapter

Arte de la portada por CoverMint

# Nota del autor

Estimados lectores,

En primer lugar, ¡gracias por elegir este libro!

En segundo lugar, quería decir que los relatos que aparecen en esta colección son una recopilación de mis trabajos más cortos de los últimos siete años, en los que he explorado muchos géneros y estilos de escritura diferentes, y me he divertido enormemente haciéndolo.

"The Poison Spreading" (La Propagación del Veneno), "The Lowlands" (Las Tierras Bajas), "Flight in the Dark" (Vuelo en la Oscuridad), "Miko's Courage" (El Valor de Miko) y "A New Family" (Una Nueva Familia), se escribieron originalmente para un proyecto destinado a educar a los lectores sobre las causas y los efectos de la deforestación, y aunque lamentablemente el proyecto tuvo que dejarse de lado debido a otros compromisos, decidí incluirlos aquí porque, bueno, me gustan. Pensé que a usted también podría gustarle.

Me tomé grandes libertades en la humanización de muchos de los animales que siguen las narraciones, lo que significa que algunos de sus comportamientos no son del todo exactos, a pesar de la cantidad de investigación que se llevó a cabo en cada uno de ellos, así que tendrán que perdonarme por eso.

Otra nota rápida es que "Whispering Walls" (Paredes Susurrantes), se incluyó anteriormente en la antología *A Bridge of Shadow* (Un puente de Sombra), donde se titulaba "Shadow" (Sombra), y estaba escrito bajo mi seudónimo Kathryn Wells. Lo he incluido aquí porque creo que el tono encaja bastante bien con muchas de las otras piezas.

Por último, espero que disfrute de la lectura de esta colección, y no dude en visitar mi sitio web para conocer otras obras o enviarme un correo electrónico con cualquier pregunta que pueda tener.

www.kathrynrossati.co.uk

# Un Cuento Sobre la Llegada del Bardo

HABÍA una vez un hombre cuya lengua llevaba magia en cada célula. Podía tejer telas de araña a partir de las palabras más sencillas y elaborar retratos directamente desde su imaginación. Pero no siempre había sido un maestro de sus poderes.

Verás, en su juventud, sus mayores habían considerado que su habla estaba afectada, y le asignaron tutores y médicos para mejorar su dicción y expresión. Era tal su nivel de estudio que su dominio del lenguaje rivalizaba con el de la mayoría de los eruditos. Sin embargo, lo que había provocado esta dificultad en el habla no era una boca anormal ni la pereza del ingenio, sino la magia de su lengua que ansiaba liberarse.

Pasaron los años, y todavía no se le permitía a su poder la libertad que buscaba, ya que al hombre le habían dicho muchas veces que sus palabras, por muy inteligentes que fueran, no significaban nada. A sus ojos, no valía nada. Y sin confianza para romper su cerradura, su magia permanecía atrapada en su interior.

Entonces sucedió que un día, cuando casi había perdido la esperanza de que alguien pudiera entenderle de verdad, conoció a una mujer que también poseía magia. A diferencia de él, ella ya había descubierto su don. Era muy diferente al suyo, ya que ella sólo podía expresar su magia a través de palabras escritas.

El hombre estaba fascinado por los escritos de la mujer, cautivado por la maravilla que le producían. Tenía ganas de hablar con ella, así que, olvidando el daño que le habían hecho los demás, se acercó con una caja de rompecabezas que contenía una tinta preciosa y rara. Torciendo y girando en las combinaciones correctas, abrió la caja ante ella, presentando su premio.

Ella aceptó encantada su regalo y juntos pasaron un día hablando de secretos que ninguno de los dos pensaba compartir con otra persona.

Tan en paz estaban que la lengua del hombre se permitió finalmente liberar su magia. Se derramó, vívida y hermosa, añadiendo arco iris de color a los alrededores y a la fina tinta dentro del bote.

La mujer soltó una risa alegre. Tomó su pluma, la sumergió en el recipiente y luego escribió:

*Señor, sus palabras colorean el paisaje y me dan calor. Temía que los inviernos que me perseguían me hubieran convertido para siempre en hielo, pero usted lo ha rebatido. ¿Cómo podría pagarte?*

Las palabras brillaron cuando la tinta se secó y crecieron hasta convertirse en intrincadas flores del tamaño de un pulgar.

El hombre sonrió, arrancó una flor y se la puso en el pelo, diciendo: "Permíteme ser tu amigo para que estemos siempre cerca. Me has dado permiso para ser mi verdadero yo. Nadie nunca lo había hecho. *Tú me* has ayudado".

Ambos sabían que se complementaban, y aunque había momentos en los que tenían que viajar separados, sus corazones y sus mentes eran siempre uno, y así fue como trabajaron juntos para mantener la maravilla presente en el mundo.

## Las Sombras

MOLLY SALIÓ DE SU SIESTA, desorientada por un momento por el estridente sonido del timbre. Volvió a sonar y esta vez se dio cuenta de lo que era. Miró el reloj de la abuela en la pared. Las cinco en punto. *¿Quién diablos es? No espero a nadie.*

Cogió su bastón y se levantó del sillón, logrando cojear hasta a la puerta. Al pasar por la ventana, vio que soplaba un fuerte vendaval y que la nieve se había hecho más profunda desde la última vez que miró. Casi llegaba a los guardafangos de su coche.

Desbloqueó la puerta pero, justo cuando giró el pomo, el viento la abrió de golpe y la hizo retroceder. Cayó al suelo y su bastón rodó fuera de su alcance. Antes de que pudiera levantarse, dos figuras atravesaron la puerta. Una de ellas cerró la puerta con fuerza y se arrodilló junto a ella, sacudiéndole suavemente el hombro.

"¿Estás bien?"

Molly levantó la vista. La voz era de mujer y le resultaba *muy* familiar. "¿Eres realmente tú, Samantha?"

La figura se quitó la bufanda a cuadros. "Sí, madre, soy yo".

Molly extendió una mano para tocar la cara de su hija,

pero retrocedió en el último momento. "Bueno, ya era hora de que aparecieras. Mi chimenea necesita urgentemente un barrido".

Se agarró al armario contra el que se había desplomado y trató de levantarse. Samantha la agarró, soportando la mayor parte de su peso, pero Molly se encogió de hombros y consiguió incorporarse. Se levantó respirando profundamente y se concentró en la otra figura de la habitación.

"¿Quién diablos es esa?"

"Cálmate, madre. Esta es Annie, y ella es la razón por la que he venido a verte".

Molly miró a la chica acurrucada en la esquina. Estaba tan envuelta en ropa que sólo se le veían los ojos. Ella le devolvió la mirada a Molly, sin parpadear. *Hay algo que no está bien con esta niña.*

"¿Cuántos años tienes, chica?", preguntó. No hubo respuesta, ni siquiera un reconocimiento de que alguien había hablado. Molly se encontró con la mirada de su hija. Bueno, ya tienes mi atención. Iré a poner la tetera y podrás contármelo todo. Sienta a la niña en el salón, allí hace más calor".

---

Molly y Samantha se sentaron alrededor de la mesa de madera de la cocina, tomando tazas de té. Molly arrugó la nariz ante el fuerte olor a esmalte. Como siempre, había usado demasiado.

"Muy bien, entonces, ¿quién es ella? ¿Dónde la has encontrado?" Preguntó secamente.

Es huérfana. Sus padres murieron en un incendio hace un año mientras ella estaba de viaje de estudios. No tenía parientes cercanos, pero su vecina le preguntó amablemente al tribunal si podía cuidar de ella, y estuvieron de acuerdo. El caso es que Annie no ha dicho ni una palabra desde entonces. Me han dicho que era una chica animada y burbujeante, que hacía amigos con facilidad y que le encantaba pintar y dibujar, pero todo eso ha desaparecido".

"Entonces, hice bien en no tomarme su silencio como algo personal", gruñó Molly, envolviendo su gruesa chaqueta de lana con más fuerza. ¿Cómo te involucraste?"

"Soy la peluquera de su vecina. Hago trabajos ambulantes los fines de semana, así que cuando fui allí hace ocho meses, conocí a Annie. Cada vez que la señora Roberts tenía una cita conmigo, solía decir que había mandado a alguien a intentar que Annie hablara o se interesara de nuevo por sus aficiones, pero nunca tenían éxito".

"¿Así que me la has traído?"

"Así que te la he traído".

Molly bebió un largo trago de té, tocando distraídamente una mella en la mesa. "Bueno", dijo dejando la taza, "no creo que sea un caso de no querer hablar, Samantha. Lo he visto muchas veces, y esto es diferente".

"¿Diferente cómo?" Preguntó Samantha.

"Me parece que ha cerrado su mente. Puede seguir órdenes simples, como estoy segura de que sabes, pero no hay respuesta emocional. Es un robot, o al menos podría serlo".

Los ojos de Samantha se tornaron preocupados. "¿No hay nada que puedas hacer?

No estoy segura. Si puedo traer a flote su conciencia, entonces sí, pero si mis sospechas son correctas, se necesitará más que mi poder para hacerlo. Es una niña poco común". Molly escurrió su taza y volvió a coger su bastón. "Quédate aquí, necesito hablar con ella a solas".

Se levantó y entró cojeando en el salón, donde la esperaba Annie. La chica estaba sentada cerca del fuego, mirando fijamente las llamas. Se había quitado el sombrero y el abrigo, dejando al descubierto un largo cabello oscuro que le caía por la espalda. *Como el mío cuando tenía su edad.*

Te quemarás los dedos de los pies si los acercas mucho", dijo Molly, chasqueando la lengua. No hubo ninguna reacción. Suspiró y volvió a sentarse en su silla, apoyando de nuevo el bastón en el suelo. *¿Y ahora qué? Tal vez...*

"Voy a contarte una historia, niña. Deberías escuchar", continuó. "Veamos... ¿Por dónde empiezo? Antes de que comenzara la civilización, en las vastas y áridas llanuras del continente, vivía una pequeña tribu. No tenían hogar ni nombre, y vagaban sin cesar en busca de comida y agua. Para ellos, cada día era una lucha, y a menudo les llevaba al hambre y a la enfermedad".

"Sin embargo, un día, una tormenta especialmente violenta azotó la zona, y con ella llegó un feroz terremoto que partió la tierra en dos. Del abismo que se formó, un vapor verde se derramó y envolvió a la tribu. Los sumió en un profundo sueño durante muchos días, y algunos de los ancianos murieron por falta de alimento, pero cuando la tribu finalmente despertó, descubrió que el vapor se había solidificado en fragmentos de cristal de esmeralda. En cuanto lo tocaron, todos sus sentidos se agudizaron. Podían oír los pensamientos de los que les rodeaban y conversar telepáticamente. Sus vidas tenían ahora un nuevo significado y un nuevo propósito. Utilizando sus poderes, recogieron información de las otras tribus de su entorno sobre dónde encontrar fuentes de comida y agua. Ya no tenían que vagar desesperadamente al borde de la inanición".

"Durante muchos años prosperaron y sus habilidades siguieron desarrollándose. Pronto pudieron incluso apagar parte de la mente de una persona para evitar que recordara la ubicación de la tribu o que difundiera rumores sobre sus poderes, y se descubrió que los niños nacidos en la tribu a partir de entonces también tenían esas habilidades. Aun así, no pudieron mantener su secreto con respecto a las demás tribus para siempre. Pasaron a ser conocidos como Sombras, espíritus malignos, y las demás tribus temían que no sólo les arrebataran todas las fuentes de alimento, sino también sus propias vidas. Decidieron tomar medidas contra las Sombras, por lo que unieron sus fuerzas para organizar un ataque. Cientos fueron asesinados, pero un puñado de niños logró escapar. Esos niños eran mis antepasados, Annie, y yo también tengo los mismos poderes que ellos, aunque los míos son mucho más débiles".

Annie no se había movido durante todo el relato, pero Molly sabía que le había llegado. Había estado proyectando imágenes en la mente de la chica mientras hablaba, y había habido poca resistencia.

"Date la vuelta, niña".

Annie se volvió como Molly sabía que lo haría. Sus ojos seguían desenfocados, pero había algo, ¿un rayo de esperanza, quizás? *Puedo sentir su mente. Es casi como si estuviera encerrada en un caparazón. Si puedo romper eso, seguramente podré devolverla a la normalidad.*

"Otro niño cuestionaría ese cuento y diría que no es posible que una mente adquiera tanto poder con el toque de un cristal. Dirían que es el contenido de los cuentos de hadas, no de la vida real. Tú, sin embargo, no cuestionas. Como las Sombras descubiertas, sabes que es posible cerrar la mente, y te atreves a esperar que pueda ser despertada de nuevo".

Annie parpadeó. Molly se esforzó por no sonreír. Era sólo una pequeña respuesta, pero era una respuesta en cualquier caso. *Su mente se agita, pero no lo suficiente. Es demasiado fuerte para que yo la libere. Sólo hay una manera.*

Sin embargo, ya era tarde y el esfuerzo había agotado gran parte de las fuerzas de Molly. Estaba segura de que Annie también necesitaba descansar. Se levantó una vez más y salió cojeando hacia la cocina donde Samantha la esperaba. Al salir, vio que Annie se volvía hacia el fuego, apartando ligeramente los dedos de los pies.

"La chica necesita dormir. Muéstrale la habitación de invitados".

Samantha, que acababa de abrir la boca para hablar, la cerró de nuevo apresuradamente y obedeció sin rechistar. Las escaleras crujieron cuando ella y Annie se dirigieron al dormitorio.

Molly había visto a muchas personas arrastradas por su dolor, pero no hasta el punto en que lo estaba haciendo Annie. *Pero nadie más tenía esa fuerza, y sólo hay una razón para que una chica de su edad la posea.*

Las escaleras volvieron a crujir y Samantha regresó. Parecía agotada y estirada, como si ella misma no hubiera descansado mucho últimamente. "¿Conseguiste que hablara?" ", Preguntó.

No. Está más allá de mis capacidades ayudarla", respondió Molly.

"¿Así que no hay esperanza? dijo Samantha con desaliento. "Pensé que seguramente...

"Yo no he dicho eso. Es cierto que no puedo hacerlo yo misma, pero *hay* una manera".

Por un momento, Samantha se sintió confundida. Entonces sus ojos se agrandaron. "¿Tú...? ¿Quieres usar el fragmento?"

"Sí".

"¡Pero eso podría matarla!"

"De hecho, podría, pero sospecho firmemente que no lo hará. Si fuera una niña normal no me atrevería a usarlo, pero si fuera una niña normal no tendría que hacerlo. Lo habrás sentido, igual que yo. Sospecho que eso es lo que te atrajo a ella en primer lugar".

"Tal vez sentí algo, sí, pero ¿qué estás sugiriendo?"

"Que ella es Sombra, al igual que nosotras".

"¿Sombra? ¿Estás segura?"

"Por supuesto que estoy segura", espetó Molly. "Por eso sólo la esquirla puede sacarla de nuevo. Sin embargo, una vez que lo haga, será una Sombra totalmente despierta, como lo fueron las primeras. Necesitará orientación y un entrenamiento adecuado. No tendremos más remedio que mantenerla aquí".

"Pero la señora Roberts..."

"Tendrá que renunciar a su custodia. Siempre te has manejado bien con la gente, estoy segura de que podrás convencerla, y a los tribunales también, si es necesario".

---

Era temprano, pero Molly ya estaba levantada y completamente vestida. Bajó a la cocina y salió por la puerta trasera para dirigirse al cobertizo de piedra del fondo del jardín. No se molestó en despertar a Samantha; le haría bien estar acostada.

La nieve todavía era profunda y el viento parecía devorar los huesos de Molly. Afortunadamente, la cerradura de la puerta del cobertizo no estaba congelada y se abrió fácilmente. Se deslizó dentro, agradecida por el ligero calor. La luz parpadeó cuando ella apretó el interruptor, y finalmente se instaló en un brillo apagado, lo suficiente para ver de cerca.

Había un armario en medio del suelo y Molly maldijo cuando lo vio. *Vieja tonta, ¿cómo pudiste haber olvidado que estaba ahí?* Dejando su bastón, tomó los lados del armario y empujó con la poca fuerza que tenía.

El armario se movió, pero lentamente. Los miembros cansados de Molly ya no eran lo que eran antes, y tenía que detenerse después de cada empujón para recuperar el aliento. Finalmente, lo apartó de la tabla floja del piso que estaba buscando y, con muchos gruñidos, se agachó al piso. Levantó la tabla, revelando un agujero donde yacía un viejo cofre, cubierto de polvo. Sacando una llave pulida de latón de su bolsillo, lo abrió.

En su interior había un bulto envuelto en seda. Lo recogió, asegurándose de que la seda seguía atada firmemente alrededor del objeto que había dentro. Su cuerpo se estremeció cuando la energía que irradiaba de él reponía su resistencia y, refrescada, regresó a la casa.

Cuando abrió la puerta de la cocina, Annie estaba sentada en la mesa. No levantó la vista cuando Molly entró, pero se movió ligeramente en su asiento. *¿Puede sentir el poder del fragmento?*

Samantha apareció desde el vestíbulo en bata, con un aspecto muy aprensivo. Miró fijamente el bulto de seda que Molly aún sostenía y le temblaron los labios.

"¿Es eso...?", preguntó.

"Sí", dijo Molly, dejándolo sobre la mesa. "¿Ha descansado bien?"

"Sí, no se despertó hasta que la llamé hace cinco minutos".

Bien. Es la hora", dijo Molly. Se volvió hacia Annie. "¿Recuerdas la historia que te conté anoche, niña? ¿Sobre la tribu que tocó los fragmentos de cristal y despertó sus mentes?".

Annie levantó la vista de su taza de té y lentamente desvió la mirada hacia el bulto de seda.

"Dentro de ese paquete hay uno de esos mismos fragmentos. Te ayudará si lo tocas".

Esta vez Annie adelantó ligeramente la mano en dirección al bulto. Era todo lo que Molly necesitaba para estar segura. Encontró el nudo de la seda y lo deshizo, desenrollando con cuidado la tela hasta que el delgado fragmento verde quedó a la vista. No se atrevió a tocar el cristal desnudo ella misma, exponer su envejecido cuerpo a semejante sacudida de poder dañaría su mente sin remedio.

Samantha cogió una de las manos de Annie y la puso sobre la mesa. Con mucho cuidado, Molly dejó que el fragmento la tocara. Annie dio un estremecimiento y se desmayó. Molly retiró rápidamente el fragmento y lo envolvió de nuevo.

"¿Crees que ha funcionado? Susurró Samantha.

"Sí. Debemos llevarla a su habitación y dejar que se recupere".

---

Unos golpes urgentes despertaron a Molly de su sueño.

"¿Qué pasa?" Gritó, tanteando las mantas.

"¡Está despierta, madre, está despierta!

Molly se acercó a la puerta a trompicones, ignorando su dolor de espalda, y la abrió. Samantha estaba de pie ante ella, con el pelo alborotado en la cara. "Bueno, por supuesto que está despierta", dijo Molly secamente. "¿Ha hablado ya?"

No, todavía no.

"Entonces, llévame con ella".

Cuando llegaron a la habitación de Annie, ésta estaba sentada en la cabecera de la cama con las rodillas pegadas a la barbilla. Sus ojos estaban furiosos como si acabara de despertar de una pesadilla. Molly podía sentir que su mente se retorcía, tratando de dar sentido a lo que ahora sentía.

Dime cómo te llamas, niña, dijo, empujando a su hija a un lado y sentándose en el borde de la cama.

"A... An... Annie".

Detrás de Molly, Samantha jadeó. "¡Ha funcionado! *Realmente* funcionó".

"Samantha, cállate. Tenemos que mantenerla tranquila", le siseó Molly.

"¿Dónde...? ¿Dónde estoy?" Preguntó Annie.

"Esta es la Casa del Lago Sombrío, niña. Ha sido mi hogar durante muchos años, y ahora será tu hogar también. Estoy segura de que tienes muchas preguntas que responderé con gusto, pero primero creo que te vendría bien una buena taza de té fuerte".

Annie bajó las rodillas y se giró para sentarse con las piernas colgando de la cama. Miró a Molly. "¿Tienes galletas?"

Molly se rió entre dientes, una carcajada, una risa con sonido de olla hirviendo que hizo retroceder a Annie. "Sí, niña, tenemos muchas galletas".

# Tiempo Feliz

AL PRINCIPIO, no la vi. Estaba atrapada entre dos arbustos, enredada entre las telarañas, las ramas enjutas y el encaje de su capa azul plateada. Pero la oí. Maldecía tanto que pensé que un grupo de marineros borrachos había doblado la esquina del bar del pueblo.

Pero no. Todas las maldiciones provenían de una pequeña hada, con la cara roja debido a sus esfuerzos por desenredarse.

Si no fuera porque me vio y frunció tanto el ceño que mis piernas automáticamente quisieron correr hacia las colinas, podría haberme reído. En lugar de eso, murmuré una oferta de ayuda mientras ponía mi expresión más solemne, y me adelanté para ayudar.

Mis dedos se resbalaron en mi intento de quitarle la telaraña y terminé golpeándola en la cabeza. Ella me mordió por eso. Directamente a través de la piel, de modo que una gota de sangre surgió de la herida punzante y manchó su ropa. Murmuré preocupación, pero su largo frenesí de improperios detallando cada centímetro de mi incompetencia lo ahogó. Luego lloró, con la misma intensidad, por el estado de su ropa cómo estaba definitivamente *arruinada.*

Creo que se suponía que debía compadecerme de ella, pero en realidad hizo que su terrorífico agarre a mí se debilitara lo suficiente como para sacarla bruscamente de la maraña, desgarrando su capa por completo. Se lamentó aún más. Le indiqué sin rodeos que era libre y que si no hubiera llevado esa cosa ridícula, probablemente no habría acabado en ese estado.

En respuesta, sacó un pequeño palo de la parte superior de una bota y me lo clavó en la nariz. Unas chispas calientes salieron del extremo, chamuscando los pelos de mi nariz. La solté con asco y la vi alejarse, emitiendo la frambuesa más húmeda que jamás había oído. Al menos, *espero* que haya sido una frambuesa...

## Paredes Susurrantes

ESH SE PASEÓ por el entarimado de madera, iluminado por el brillo de la luna, sosteniendo aún en sus manos la carta que lo había convocado allí. Palabras breves, sin firma: el estilo habitual, aunque era cierto que hacía tiempo que no recibía una.

El muelle estaba vacío, los marineros ya se habían acostado para pasar la noche o estaban ocupados en otro lugar. Lo único que estaba cerca era su sombra y los únicos sonidos eran el lamido de las olas entintadas contra las tablas podridas y cubiertas de algas de la terraza y el lejano zumbido de los clientes de la taberna cantando en sus borracheras.

Kivuli observaba a su amo, escuchando cada paso que daba, sabiendo que pronto alguien se uniría a ellos. Malkov. La forma oscura de Kivuli palideció ligeramente al pensar en ello, ya que Malkov era un hombre que imponía una obediencia total, una obediencia que su amo, en contra de su buen juicio, encontraba imposible de no cumplir.

Una segunda serie de pasos sonó en la noche. Esh dejó de caminar. Una figura se acercaba, caminando erguida y con propósito. Cuando la luz lo iluminó, Kivuli vio su rostro. Sus fuertes pómulos sobresalían a ambos lados, y su pelo era largo y liso, enmarcando unos ojos tan brillantes que parecían arder con un fuego interior. Una perilla perfectamente recortada brotaba de su barbilla y, a pesar del calor de la noche, llevaba una gruesa capa y un bastón negro pulido a su lado. Se detuvo frente a Esh, que se inclinó ante él, relamiéndose los labios secos. "¿Tiene una tarea para mí, mi Señor?" preguntó Esh, con un tono de voz bajo.

Malkov no dijo nada. En su lugar, miró a su alrededor, y sus ojos brillantes se fijaron en Kivuli durante un par de segundos, clavándose en él como si supiera que la sombra era algo más que una forma gris en el suelo. Se volvió hacia Esh. "¿No te siguieron?"

"Por supuesto que no, mi señor", respondió Esh. "Mis métodos no son tan laxos, incluso si ha pasado algún tiempo desde la última vez que los necesité".

"Bien. Temía que te hubieras... *Oxidado*... Con los años. Sabes que tus habilidades me han servido en el pasado. Debo recurrir a ellas de nuevo".

Kivuli se alejó de Esh, incapaz de soportar la terrible presencia de Malkov. De pronto sintió que alguien estaba a su lado y retrocedió de un salto, fundiéndose con las sombras de los muelles.

"Cálmate, Kivuli, sólo soy yo", dijo una voz a su lado.

Kivuli la reconoció. Era igual que la de Malkov, pero no había ningún indicio de dureza en ella. "¿Ombra?" Preguntó.

"Sí, es cierto. Seguramente me esperabas. Después de todo, ¿no es *mi* amo con quien ahora habla el tuyo?"

"No se me ocurrió", respondió Kivuli. "Ya sabes cómo me hace sentir tu amo. No puedo concentrarme en nada cuando está cerca".

Ombra soltó una risita. "Entonces, deberías consolarte, Kivuli, porque hay muchos que le temen. Hay momentos en los que incluso yo tiemblo en su presencia".

"¿De verdad? ¿Tienes miedo de tu propio amo?"

Es cruel y despiadado. Si no consigue lo que quiere, su ira es insaciable. Sería una locura no temerle".

Pero, ¿qué *es* lo que quiere? Mi amo ha realizado tareas para él en dos ocasiones, y en ambas se encontró con el peligro. Si esta nueva petición se parece a aquellas, no soporto pensar en lo que podría ocurrirle. Tengo que ayudarlo, Ombra, por su propio bien", dijo Kivuli solemnemente.

"No".

Fue una sola palabra, pero dejó a Kivuli en silencio.

"Conoces nuestras leyes, Kivuli. Nunca debes revelarte ante él. *Nunca* dejes que los humanos sepan de lo que somos capaces. Sólo un tonto pensaría en exponernos".

Sin decir nada más, Ombra se deslizó hacia su amo, que ahora se apartó de Esh y volvió a adentrarse en la oscuridad de la noche. Esh se quedó un rato, observando la marea que entraba y salía, pero finalmente se cansó. Con Kivuli detrás de él, se dirigieron a las miserables calles de la ciudad.

Las mujeres semidesnudas llamaban a Esh mientras éste recorría los callejones, deseosas de mantenerse alejadas de los ojos más respetables, mostrando la poca piel que aún cubrían sus ropas raídas. Kivuli sabía que a Esh no le gustaban sus labios sucios esta noche, no ahora que tenía un trabajo que hacer. Además, incluso las veces que compartía su compañía, Kivuli no podía evitar sentir que sólo era la forma en que su amo reprimía los pensamientos que siempre lo atormentaban.

Tomaron su habitual camino sinuoso hacia la casa de Esh, que, hasta el momento, ni los más hábiles carteristas y espías habían conseguido seguir. Salieron por una escalera podrida que sobresalía en una calle menor. Esh subió por ella y abrió la puerta de arriba.

El interior estaba oscuro, pero rasgó una cerilla y encendió una lámpara de aceite junto a la puerta. Revelaba el estrecho pasillo en el que se encontraban, que conducía a una sola puerta. En el interior, la habitación era pequeña, con un colchón de paja en un extremo y un tosco escritorio de madera y una silla en el otro. En la pared del fondo había una chimenea y en la esquina una palangana con una jarra de agua limpia y un paño. El suelo estaba lleno de papeles. La mayoría eran bocetos de personas a las que Esh había rastreado por encargo en algún momento, otros eran viejos diarios y garabatos infantiles que una vez pertenecieron a su mujer y a su hija, perdidas hace tantos años a causa de una plaga cuando cruzaban el mar hacia tierra firme con la esperanza de vivir una vida más próspera.

Kivuli echaba de menos sus sombras, cómo habían reído y jugado y crecido juntos. *Su* familia. Hacía siete años de esa luna desde que se perdieron, su vida se había extinguido junto con la de sus amos. Él y Esh habían sido inmunes. Verlos morir era algo que ninguno de los dos olvidaría jamás, por mucho que lo desearan.

Esh cogió uno de los garabatos de su hija y trazó las marcas de tinta con las yemas de los dedos antes de dejar que cayera de su mano y se depositara en el suelo. Se desplomó en la silla y su cabeza cayó sobre la áspera superficie del escritorio. Kivuli lo miraba desde su posición contra la pared, mezclándose con la oscuridad de la habitación, deseando ser algo más que una sombra, deseando poder romper las leyes que lo ataban para poder ayudar a su amo. Fuera lo que fuera lo que Malkov había planeado para Esh, no era bueno. Kivuli lo sabía, en lo más profundo de su ser. Tenía que hacer *algo*.

---

El sol había salido en lo alto antes de que Kivuli viera a su amo empezar a moverse. Al darse cuenta de lo tarde que era, Esh se levantó de un salto, y golpeó el escritorio en el que se había quedado dormido. Se echó un poco de agua en la cara, pasándose una mano por el pelo, y se puso una túnica de algodón limpia, una chaqueta de lana y unos pantalones.

Lanzando una última mirada a los papeles desperdigados,

sobre los que Kivuli se demoraba en la luz, salió de la habitación, por el pasillo, y salió al aire de la mañana, ya estancado con el hedor de la comida sucia, el sudor y las algas.

Se dirigieron a una taberna destartalada en el centro de la ciudad, lejos del lugar habitual de Esh para reunirse con los clientes. El olor a cerveza derramada y a vómito rancio que emanaba del suelo cubierto de paja hizo sudar la frente a Esh. Kivuli miró a los demás clientes y notó que tanto los hombres como las sombras tenían un aura desagradable. Temblando un poco, se mantuvo cerca de su amo, que había elegido sentarse en un rincón, lo más lejos posible de ellos.

Una joven camarera, poco más que una niña, se acercó a ver qué quería Esh. Llevaba un vestido tan remendado y sucio que era difícil saber cuál era el color original. Kivuli captó varias miradas que la observaban desde el otro lado de la habitación. Se estremeció y notó que Esh hacía lo mismo. La muchacha era sólo unos años mayor que su hija cuando murió. Para ella el hecho de estar trabajando en un lugar como este...

"Ale", contestó Esh a su pregunta no formulada. Ella asintió y fue a buscarla.

Cuando regresó, derramando la mayor parte en el suelo mientras los alborotados clientes se empujaban y golpeaban contra ella, Kivuli vio entrar a un hombre que llevaba una capa de hilado grueso. La capucha ocultaba la mayor parte de su rostro, pero al ver a Esh la bajó para revelar una mandíbula angulosa y una nariz que tenía la reveladora inclinación de haberse roto en algún momento. Se acercó, sonriendo como si se encontrara con un viejo amigo, pero Kivuli estaba seguro de que su amo no lo había visto nunca. Miró a su alrededor en busca de la sombra del hombre, y la vio a poca distancia de él. También era angulosa, y Kivuli no la reconoció.

"Me alegro de verte aquí, amigo", dijo el hombre, sentándose en la mesa junto a Esh. Su voz era mal articulada, con una sequedad que a Kivuli no le gustaba. Luego puso las manos sobre la mesa y entrelazó los dedos, dejando caer rápidamente los dos índices y volviéndolos a apuntar hacia arriba.

Esh tragó saliva y se levantó una de sus mangas lo suficiente como para mostrar tres cicatrices plateadas, atravesadas por una cuarta. La marca de Malkov, recibida seis años atrás como recompensa por sobrevivir a la primera tarea que le habían encomendado. El hombre gruñó y sacó un pequeño bulto del interior de su capa, pasándoselo a Esh por debajo de la mesa. Kivuli se acercó para mirarlo, pero la sombra del hombre le arañó con un siseo. Retrocedió rápidamente, justo cuando el hombre se levantó de nuevo.

"Siento haberte dejado ya, amigo", dijo. "Aunque creo que nos veremos pronto". Se dio la vuelta, ocultando su rostro bajo la capucha una vez más, y salió de la taberna. Esh y Kivuli lo vieron salir, pero nadie más le dedicó una segunda mirada.

Cinco minutos después, Esh se tomó su cerveza y dejó una moneda en la mesa para que la camarera la recogiera, antes de marcharse.

---

De vuelta a su habitación, Esh abrió el paquete. Dentro había una bolsa que contenía un extraño polvo y un trozo de papel. Dejando el polvo a un lado, desdobló el papel y leyó, murmurando las palabras lo suficientemente alto como para que Kivuli las oyera. "Enciende la pólvora cuando todo esté hecho. No la prepares hasta que se haya hecho el cambio. No te entretengas, estaremos vigilando". Inspiró profundamente y estrujó el papel en su mano, lanzándolo contra la pared. Rebotó y cayó encima de uno de los diarios de su mujer.

Al verlo, sus ojos se llenaron de lágrimas y se hundió de rodillas, poniendo la cabeza entre las manos. "Por favor, Maggie", sollozó, con las lágrimas goteando entre sus dedos. Por favor... No me juzgues demasiado...".

Sus sollozos se prolongaron hasta que Kivuli estuvo seguro de que a su amo no le quedaban más lágrimas que derramar. Entonces, con una mirada de ira enloquecida, Esh golpeó el suelo con el puño. Recogiendo los diarios, los arrojó sobre la chimenea y sacó una cerilla del bolsillo, dispuesto a encenderla.

"¡Para!"

Esh se quedó helado, con la cerilla a escasos centímetros del papel de fricción. ¿Quién...? ¿Quién ha dicho eso? ¿Hay alguien ahí?" Se limpió la cara con la manga, guardó la cerilla de nuevo y se acercó a la puerta, abriéndola de golpe para mirar hacia el pasillo. Al ver que no había nadie, volvió a la chimenea. Kivuli intentó guardar silencio, pero entonces su amo encendió la cerilla.

"¡No, amo, por favor!"

Kivuli no pudo contenerse. Su amo era un buen hombre, no merecía ser arrastrado por gente como Malkov y sus hombres.

"¿Quién está ahí?" Dijo Esh de nuevo, con la piel pálida.

Kivuli se estremeció ligeramente, pero había tomado su decisión. Hablar con el amo de uno estaba prohibido, sin importar las circunstancias, pero Esh era demasiado importante para cuidar de él. "Amo, por favor. Mire a la pared de al lado", le indicó Kivuli. A la luz que entraba por la ventana, su silueta se distinguía contra la pared. Su amo la miró, todavía sin comprender. Amo, yo soy su sombra".

El silencio. Esh no se movió ni vaciló ni un centímetro, a pesar de que la cerilla le quemaba hasta la punta de los dedos. Se limitó a permanecer de pie, mirando a Kivuli, sin cambiar su expresión. Por fin habló, mojándose los labios con la lengua. "¿Mi sombra?" Se acercó a la pared y extendió la mano, tocando ligeramente a Kivuli como si fuera a atacar de repente.

"Sí, amo", susurró Kivuli. Levantó el brazo de forma independiente, con deliberada lentitud para no causar más alarma. Los ojos de su amo lo siguieron, agrandándose y brillando ligeramente.

"No. Esto no es real. Sólo un truco de la luz, eso es todo. O había algo en esa cerveza. No puedes moverte por ti misma, y ciertamente tampoco puedes hablar por ti misma".

"Por favor, Amo, entiendo que esto es un shock, pero *debe* escuchar".

Esh apretó los labios y negó con la cabeza.

Kivuli suspiró. Caminó por la habitación, moviéndose de pared a pared y por el suelo, fundiéndose con las sombras estáticas y volviendo a aparecer. "¿Lo ve?" Preguntó.

Esh había visto. Agarró la silla de madera y se sentó pesadamente, sin dejar de observar a Kivuli con una mirada salvaje. ¿Cómo...?" Suspiró.

"Eso no importa. Por favor, debe reconsiderar su relación con Malkov".

"¿Malkov?" Esh parpadeó. Lo había olvidado.

"Amo, he hablado con la sombra de Malkov..."

"¿Su sombra también puede hablar?"

"Todas las sombras de los seres vivos pueden hablar", dijo Kivuli en voz baja. Al menos las que pueden hablar la lengua humana. La sombra de Malkov se llama Ombra, e incluso él le teme. No me cabe duda de que Malkov lo considera prescindible".

Esh se levantó y cogió un odre polvoriento de debajo del colchón de paja. Lo abrió y bebió un largo trago, limpiándose la boca después. Se alejó unos pasos de Kivuli, pero luego se volvió hacia él. "Sé que Malkov me está utilizando. Y sé que es peligroso. Pero dime, sombra mía, ¿qué es lo que debo hacer? Si sobrevivo a este trabajo, ganaré suficiente dinero para volver a casa y escapar de este lugar... Y dejar atrás mi dolor. Y si me echo atrás ahora, sólo me perseguirá".

"Entonces vaya con él primero".

Esh se rió. Un sonido desesperado, de lástima. "Eso sería un suicidio".

"No necesariamente. Malkov es un hombre que espera conseguir lo que quiere. Si usted se mantiene firme, lo sorprenderá. Puede que le deje ir".

"Puede que sí... O puede que no". Esh se paseó un poco más. "¡Maldita sea! Muy bien, sombra, como quieras. De todos modos, es probable que esté muerto".

---

Kivuli y Esh observaban la casa de Malkov desde donde estaban sentados, a la espera en la taberna de enfrente, en el barrio rico de la ciudad. Era la noche en que Esh iba a llevar a cabo los planes de Malkov, y sabían que pronto el resto de los hombres de Malkov se irían a preparar todo. El propio Malkov estaría solo.

Pasaron dos horas antes de que las grandes puertas de la casa se abrieran, y cinco hombres salieron, abriéndose paso por la calle. Con un leve temblor, Kivuli se fijó en el hombre que Esh había conocido en la otra taberna, que rondaba por la parte trasera del grupo, con su sombra golpeando a sus compañeros.

Esperando a que doblaran la esquina y desaparecieran de la vista, Kivuli y Esh abandonaron la relativa seguridad de la taberna y salieron a la casa de Malkov. Siguiendo el plan de Kivuli de sorprenderlo, evitaron la puerta principal y se dirigieron a un costado, donde sabían que estaba la entrada a las bodegas. Esh había sido marcado allí. No era un recuerdo fácil de borrar.

Cuando llegaron, encontraron la puerta cerrada y encadenada, más de lo que esperaban. Esh sacó un cuchillo fino y una horquilla robada para intentar abrirla. Para ayudarle, Kivuli introdujo su mano en la cerradura y le indicó hacia dónde había que girarla. Un momento después, se abrió con un chasquido y descendieron al sótano.

El vacío interior los golpeó con fuerza, y por un momento

Kivuli se perdió en él. Buscando entre las cajas de madera y los barriles almacenados a su alrededor, tanteó hasta que sus oscuras manos rozaron grumos de cera derretida. Rastreando hacia arriba, sus dedos se cerraron en torno al tronco de una vela con mecha suficiente para encenderla. La acercó a Esh, donde chocó con sus botas. Esh la encendió de inmediato y llenó la habitación con un cálido y parpadeante resplandor. Con la escalera de la casa principal ahora iluminada, subieron y salieron al vestíbulo. Allí se detuvieron, escondidos detrás de un gran busto de mármol sobre un pedestal, escuchando cualquier señal de Malkov.

Se oyeron fuertes voces procedentes de una habitación más abajo, y un criado salió corriendo de ella, sujetando un paño empapado de sangre en el brazo. Kivuli y Esh retrocedieron cuando pasó, pero luego se acercaron al pasillo para mirar a través de la puerta.

"Ya debería haber recibido un informe", oyeron decir a Malkov. "Algo está mal. Incluso desde aquí, deberíamos haber oído una explosión". Parecía preso del pánico, y el dominio había desaparecido por completo de su voz.

"Te preocupas mucho, Malkov. Todo saldrá según lo previsto".

"Pero dijiste que su sombra estaba preocupada. ¿Y si sospechaba que le estábamos tendiendo una trampa a Esh para incriminarlo? Si lo convenció..."

"Kivuli no posee el valor de romper las Leyes de la Sombra. Una simple palabra mía mantuvo a raya esos pensamientos suyos. Él nunca se revelaría a Esh". Era Ombra quien hablaba.

Antes de saber lo que estaba haciendo, Kivuli se había deslizado dentro de la habitación. Allí estaban. Malkov, sentado en una silla con respaldo de piel cerca del fuego, con los ojos apagados y la perilla sin recortar. Ombra estaba en la pared junto a él, estirado en su forma más grande, distorsionado tanto que apenas se parecía a Malkov.

"¿Ombra?" Murmuró Kivuli.

Malkov se incorporó, sorprendido por la suave voz. Miró a su alrededor, y sus ojos se fijaron en Esh, cuando éste también entró en la habitación. "¡Tú!", exclamó, medio levantándose, pero Ombra le hizo callar.

"Parece que he cometido un grave error, Kivuli. Es evidente que no eres el cobarde que yo creía. ¡Pensar que rompiste nuestras leyes tan fácilmente! Tengo que decir que estoy algo impresionado. Tú, sin embargo", dijo, dirigiéndose a Malkov, que pareció derretirse en su silla; todo signo del tirano confiado que habían tomado por él había desaparecido de su compostura. "Me *aseguraste que* este sinvergüenza sería demasiado temeroso para echarse atrás".

"Ombra, ¿todo esto ha sido obra tuya?" Preguntó Kivuli, con la incredulidad demasiado clara en su voz. "¿Por qué?"

¿Cuántos miles de años llevamos siendo meros apegos, encadenados a estos bufones pero sin poder actuar por nuestra propia voluntad? ¿Silenciados por miedo a alarmarlos?" siseó Ombra. "Bueno, no digo más. Es hora de cambiar, Kivuli. Los humanos son débiles y están llenos de codicia y odio; no podemos dejarnos gobernar por ellos por más tiempo. Ahora debemos esforzarnos por ser los amos". Se deslizó hacia Malkov, que se retiró aún más. "Es triste que mi vida esté atada para siempre a la tuya", susurró. "Si no fuera así, te habría matado hace tiempo. Tal y como están las cosas, debo ordenarte que te deshagas de estos dos tontos. Duda, y lo haré yo mismo. Encontrarás el espectáculo *mucho* menos agradable".

Malkov se levantó tembloroso y sacó un estoque de su expositor en la pared sobre la chimenea. A pesar de haber sido utilizado como adorno, Kivuli pudo ver que la punta seguía siendo afilada. Miró el rostro de Malkov. Los ojos del hombre se habían vuelto vidriosos; su corazón no estaba en ello. Aun así, Kivuli no veía la forma de detenerlo, y con Ombra controlándolo, las palabras eran inútiles. Miró a su maestro, que permanecía inmóvil a pesar del avance de Malkov. Captó un ligero bulto en el bolsillo de la chaqueta de Esh.

De repente, *lo supo*.

Se acercó y susurró algo al oído de Esh, hablando rápidamente.

"¿Pero qué te pasará a ti?" Susurró Esh.

"No se preocupe, maestro. Por favor, no tiene tiempo".

"Entonces al menos dime tu nombre, sombra. Ni siquiera te lo he preguntado", dijo Esh con urgencia.

"Es Kivuli".

Con un rápido movimiento de cabeza, Esh metió la mano en el bolsillo de su chaqueta y sacó la pólvora que había en el bulto. Cuando Malkov preparó su estoque para golpear, Esh cargó contra él, esquivando el brazo de su espada y haciéndolo retroceder hacia Ombra con toda la fuerza que pudo reunir. Luego arrojó la pólvora al fuego junto a ellos. Las llamas saltaron, dando lugar a una luz brillante y cegadora que los envolvió a todos.

Golpeó de lleno a Ombra. La sombra dejó escapar un rugido de agonía sin diluir, y luego se disolvió en la nada.

---

Los efectos de la pólvora finalmente se atenuaron, pero pasó una hora antes de que tanto Malkov como Esh recuperaran la vista. Cuando por fin pudieron mirar a su alrededor, descubrieron que tanto Kivuli como Ombra habían desaparecido.

"¿Se han ido…? ¿Los dos? Preguntó Malkov, buscando en toda la habitación. Sólo los rodeaban sombras estáticas.

"Creo que sí", respondió Esh con un suspiro de remordimiento.

"¿Por qué tan solemne, maestro? La voz de Kivuli sonaba ligeramente divertida. "¿Podría ser que sentiste una pérdida por mí?"

"¿Kivuli? ¿Dónde estás?" Preguntó Esh.

"Abra su chaqueta, maestro".

Esh lo hizo, y la forma gris de Kivuli salió de él y cayó al suelo.

"¿Y Ombra? respiró Malkov.

"*Realmente* se ha ido", respondió Kivuli. "No tuvo oportunidad de esconderse como lo hice yo. Ahora eres un hombre libre. Aunque...", añadió, acercándose serpenteando hacia él, "tengo una petición para ti. Libera a mi amo de tu servicio y financia su viaje a casa. Ambos hemos tenido más horrores de los que nos correspondían en este lugar".

## Conocimiento

LE VIMOS DESEMBALAR las cajas encuadernadas en cuero, sacando todo tipo de objetos extraños: sombreros, bufandas, velas y partes de algún complicado artilugio. Ya había empezado a reunirse una multitud, damas, caballeros e incluso niños, aunque evidentemente estaba lejos de estar preparado. No tenía ningún ayudante, ni creo que lo necesitara.

A cada objeto, por aparentemente insignificante que fuera, le prestaba la máxima atención, y lo colocaba con tanta precisión, que sólo él podía ser un maestro de su arte.

Con todo dispuesto como él desearía, y con la multitud tan numerosa que varios compradores de la plaza habían empezado a quejarse, se presentó ante nosotros, vestido con sombrero de copa y levita, con las manos enguantadas levantadas para llamar la atención.

"Señoras y señores", dijo, con una voz rica y sonora. Hoy, serán testigos de maravillas que nunca han visto. Hoy cuestionarán la verdad, la lógica e incluso a ustedes mismos".

No pudimos evitar sentirnos atraídos por su discurso, y mientras demostraba tranquilamente sus habilidades, empezando por la levitación de un orbe de cristal, seguida de la repentina desaparición de un gabinete ornamentalmente tallado, admitimos que realmente estábamos siendo testigos de maravillas.

"Y ahora, señoras y señores, necesito un voluntario. Ah, sí, señora, si pudiera dar un paso adelante. Sí, sí, aquí estamos ahora".

Asombrados como estábamos, nos encontramos dando un paso adelante y, después de que nos colocara una silla acolchada, nos sentamos frente a la multitud, esperando las instrucciones del maestro. De cerca, pudimos ver que su cuello blanco estaba algo manchado, su chaqueta estaba lejos de estar limpia. Sin embargo, sus ojos seguían siendo nítidos y brillantes y nos inspeccionaban con gran atención.

Nos tendió un reloj de bolsillo y nos indicó que siguiéramos su movimiento mientras oscilaba de un lado a otro. Sentimos que los ojos se nos ponían pesados y oímos débilmente que el maestro volvía a hablar, aunque ahora sonaba muy lejano, sólo un eco en nuestros oídos. Nuestros ojos se cerraron por completo y una niebla, espesa pero en cierto modo ligera, llenó nuestras cabezas.

No sabemos cuánto tiempo permanecimos en ese estado, pero finalmente el maestro volvió a hablar. No pudimos comprender lo que dijo, pero entendimos su significado. La niebla se desvaneció y sentimos como si nos hubieran salido alas de los hombros y nos elevaran a los cielos.

"Ahora abran los ojos".

Nuestros ojos se abrieron.

No, *mis* ojos se abrieron.

"¿Estás bien, cariño? Los chicos y yo nos hemos llevado un buen susto al ver cómo colapsaste". El hombre de mediana edad que estaba junto a mí olía a licor y sudor, pero parecía realmente preocupado. Otros dos hombres estaban detrás de él, mirándome con lástima.

"¿Me he derrumbado? ¿Pero qué pasó con el mago?"

Me miró confuso y me ayudó a incorporarme. La gente se apresuraba por la plaza, entrando y saliendo de las tiendas, sin mirarnos ni una sola vez. A lo lejos, las bocinas de los coches chirriaban al detenerse los taxistas a petición de sus pasajeros. Conocía este lugar y, sin embargo, me resultaba totalmente extraño. No era el Covent Garden en el que había estado momentos antes. Y en ninguna parte, mirara a donde mirara, podía ver al mago.

Me levanté, probando con cautela mi equilibrio, y agradecí a los caballeros por detenerse para ayudarme.

"Deberías ver a un médico de verdad, amor", le aconsejó el hombre que había hablado antes.

Murmuré una respuesta y saludé con la mano mientras se alejaban, echando un par de miradas hacia atrás para ver cómo estaba. Cuando desaparecieron en la marea, metí la mano en el bolsillo. Mis dedos tocaron algo frío y circular. Saqué el objeto para examinarlo.

Se me corta la respiración.

Sostenía el mismo reloj de bolsillo que fue lo último que había visto antes de que mi mundo se pusiera patas arriba. Un nombre estaba grabado en el reverso, dentro del símbolo de un as de espadas.

Por supuesto. Era el reloj de mi padre, y había planeado empeñarlo.

## Una Nueva Familia

HYDA ABRAZÓ a su madre por última vez. Ahora que era mayor de edad, debía dejar a su familia y encontrar otra para continuar su línea genética. Sus hermanos, sin embargo, debían quedarse con su madre y esperar a que las hembras de grupos externos los encontraran.

Ver partir a su hermana y esperar la llegada de las desconocidas los dejó aprensivos. Si no se llevaban bien, no había posibilidad de fortalecer el grupo familiar.

Hyda sólo esperaba que la nueva familia a la que se uniera la aceptara como propia y, como era costumbre, también esperaba encontrar una pareja que le gustara de verdad.

Al permanecer en lo alto de los árboles, sus oídos se agitaron para seguir las llamadas de los otros monos araña que vivían cerca. A diferencia de su familia, que eran monos araña de vientre blanco, estos otros grupos no lo eran. Le llevaría muchos días de viaje encontrar a otros de su especie. Sabía que debía haber algunos, porque el año pasado dos hembras se habían unido a su familia desde dos grupos distintos. Le habían dicho que el viaje era largo, y Hyda había tomado nota de sus palabras.

Alcanzando una rama, se balanceó, soltándose en la parte

superior de su arco para caer un poco y luego coger con gracia una rama del siguiente árbol en su camino.

Era extraño moverse entre los árboles sin sus hermanos, pero había otro sentimiento que surgía en su interior. La emoción. Por primera vez en su vida, podía ir a cualquier sitio y hacer lo que quisiera, hasta que encontrara otro grupo al que unirse. Pero por ahora, pensaba disfrutar de su libertad.

Continuó durante medio día más, utilizando los brazos y la cola para guiarse por la gran red de ramas. Al cabo de un rato, su garganta empezó a resecarse y no había frutos húmedos a su alrededor que le quitaran la sed. Debajo de ella había una gran extensión de agua que brillaba bajo el sol de la tarde.

Buscando con los ojos para asegurarse de que no había depredadores en las inmediaciones, se dejó caer por las ramas, una a una, hasta que estuvo en la más baja, extendida sobre el agua.

Enrollando su cola firmemente alrededor de la rama, bajó. Estirándose, buscando con los ojos fijos en las manos para recoger el líquido fresco, se las llevó a la boca y bebió profundamente. El agua era dulce y no satisfacía del todo su sed, así que tomó otro puñado y estaba a punto de tomar uno más, cuando el pelaje de su espalda empezó a cosquillear. Miró a su alrededor y llegó justo a tiempo para ver dos grandes ojos que la miraban desde la superficie del agua, con un largo y puntiagudo hocico justo debajo de ella.

Cuando la criatura se agitó, ella consiguió apartarse de su camino, agarrando la rama con las manos y volviendo a subir a la copa del árbol. La criatura, decepcionada, volvió a sumergirse en el agua y ella observó su sombra mientras nadaba río abajo. Se aferró al árbol, con el corazón bailando en su pecho. ¿Cómo pudo ser tan estúpida? Su madre le había advertido de criaturas como ésa, e incluso tenía un vago recuerdo de haber visto cómo otro mamífero era arrebatado con aquellas grandes mandíbulas.

Un parloteo de duras carcajadas sonó a través de las copas de los árboles y Hyda vio a todo un grupo de monos observándola desde la orilla opuesta del río. Se reían tanto que algunos perdieron el equilibrio y se cayeron de la rama, colgando de la cola.

"¡Estúpida barriga blanca!", decían. "¡Tal vez deberías jugar en el río un poco más!"

Disgustada, aulló y enseñó los dientes. Se rieron aún más, su temperamento aumentó, se alejó antes de perder el control. Ella era una mujer solitaria y pequeña para su edad. No había nada que pudiera hacer contra un grupo tan grande.

Se cruzó con otro grupo de monos, pero todavía no eran los otros barrigones blancos que buscaba. Sin embargo, no se mostraron agresivos con ella, sino que se contentaron con verla pasar sin interrumpirla, salvo para indicarle la dirección de un árbol lleno de frutos, que recogió y comió con gusto.

La noche se hizo rápidamente después de eso, así que subió a la parte más alta de los árboles para explorar en busca de depredadores, envolvió su cola alrededor de una fuerte rama vertical y acurrucó sus piernas hasta el pecho, descansando contra el tronco.

Sus ojos se cerraron, pero no se durmió enseguida. En su lugar, escuchó; murciélagos y grandes búhos surcaban el aire y otras criaturas nocturnas aullaban mientras cazaban. Sin embargo, nada se acercó a ella, así que por fin consideró que era seguro dejarse llevar.

---

La luz del sol golpeó sus ojos a la mañana siguiente, pero cuando levantó la cabeza, saltó sorprendida, casi cayéndose de la rama.

Dos ojos brillantes la miraban fijamente y, al devolver la mirada, vio un triángulo naranja en la frente de la criatura, con una masa de pelo negro que cubría el resto de la cabeza junto con la espalda, las patas y la cola. Una mancha de color naranja cremoso adornaba su estómago.

¡Otro mono araña de vientre blanco!

"Eres como yo", dijo, sin saber qué hacía un macho aquí. Miró a su alrededor, pero no pudo ver ninguna señal de su grupo en ninguna parte. "¿Dónde están los demás?"

"¿Los demás? Ah, ¿te refieres a mi grupo familiar?", preguntó. Ella asintió con la cabeza. Él se encogió de hombros. "No tengo ninguno".

"¿Qué quieres decir? Debes tener uno".

Negó con la cabeza. "No, sólo soy yo. Bueno, lo era, pero ahora te he encontrado. Así que supongo que sólo somos nosotros". Ella frunció el ceño y él continuó. Unos humanos me robaron de mi grupo cuando era un bebé. Me metieron en una jaula y me llevaban a un lugar lejos del bosque, pero algo pasó y la jaula se dañó. Hui de ellos, pero me cortaron la pierna y me volvieron a atrapar. Pero esta vez eran humanos diferentes. Estos me ayudaron y me arreglaron la pierna. Y me dieron comida. Desde entonces vivo por aquí".

"Espera", dijo Hyda, tratando de asimilar todo lo que había soltado. "¿Qué son esos *humanos* de los que hablas? ¿Y nunca intentaste encontrar a los de tu especie?".

"Los humanos son criaturas extrañas. Son como versiones sin pelo de nosotros, excepto que viven en el suelo y no tienen cola. Algunos son peligrosos, pero otros no son tan malos. Los que me salvaron viven no muy lejos de aquí y si no encuentro comida, me acerco a ellos y me alimentan. A veces hay extraños entre ellos, pero nunca me lastiman como lo hicieron los otros. Por eso nunca he buscado a mi grupo. Nunca lo he necesitado".

Hyda lo examinó detenidamente. Era mayor que ella, pero no mucho, y tenía una despreocupación que ella nunca había visto en un macho de su especie. Aun así, esas criaturas humanas parecían sospechosas, y si él confiaba en ellas a pesar de lo que le habían hecho, eso también *lo hacía* sospechoso.

¿Cómo te llamas?" Preguntó, desenrollando su cola de la rama y enroscándola a su alrededor.

"Kido", dijo. "¿Cuál es el tuyo?

"Es Hyda", dijo. "Y me temo que debo irme ahora".

"¿Adónde?" Preguntó, con los ojos muy abiertos.

¿Estaba preocupado por ella? Tengo que encontrar otro grupo. Es una tradición que, cuando las hembras alcanzamos la mayoría de edad, dejemos nuestras familias y encontremos otras nuevas", dijo con naturalidad.

"Eso suena horrible. Si hubiera crecido conociendo a mi familia, no creo que quisiera dejarlos así", dijo, con un visible temblor recorriéndolo.

Ella se rió. "No tendrías que hacerlo. Los machos se quedan y esperan a que se unan nuevas hembras de otros grupos. Mis hermanos siguen viviendo en el mismo grupo que mi madre y están esperando incluso ahora a que lleguen las nuevas hembras".

Kido frunció el ceño. "Tengo una idea mejor", dijo, y la agarró de la mano, llevándola de árbol en árbol. Atravesaron las copas de los árboles con tanta rapidez que ella apenas pudo percibir lo que le rodeaba.

¿Por qué este ingenuo macho la había arrastrado tan repentinamente? Tenía que encontrar pronto una nueva familia o, de lo contrario, se quedaría sola, o peor aún, con este tonto.

"¿Dónde me llevas? Exijo que me lo digas", gritó mientras él saltaba de las ramas superiores de un árbol para caer en cascada hasta la base de otro.

Cayó junto con él, incapaz de soltarse de su agarre, y su estómago se le subió a la garganta al darse cuenta de que tendría que confiar en él para agarrar con fuerza la siguiente rama y que su peso conjunto no hiciera resbalar la mano de él y los hiciera caer al agua.

Sin embargo, mientras el aseguraba su agarre, se dio cuenta de que no había nada que temer. El cuerpo de Kido estaba tan acostumbrado a realizar saltos desde tales alturas que el hecho de tener más peso y el uso de una sola mano ni siquiera le cansaba mientras se aferraba a la resistente rama. Se balanceó hacia arriba y plantó sus pies sobre ésta, soltando el agarre de ella.

"Te voy a llevar a donde están los humanos", dijo, haciendo una pausa.

"¿Por qué? Necesito encontrar una familia a la que unirme, no ir por ahí contigo y ser un juguete para esas criaturas. ¿Y si resultan ser malas, como las que te sacaron de tu casa cuando eras un bebé?", dijo, sin saber si reírse de él o enseñar los dientes.

"No son así. En absoluto. A veces parece que son mi familia, incluso los que parecen ser diferentes en cada visita". Se levantó y extendió la mano. "Deja que te enseñe".

El sol ya había pasado por su punto más alto y ella tenía hambre. Dudó, y luego lo tomó de mala gana. "Si realmente quieres que los vea, iré. Pero no me quedaré. No puedo".

"Lo entiendo", dijo, y volvieron a salir a través de los árboles.

---

Cuando el sol se acercaba a su arco final, Kido y Hyda llegaron a lo que parecía un gigantesco nodo hinchado que descansaba entre dos troncos de árbol. Había un agujero en el que se extendía hacia ellos un suelo plano que no era suelo. Estaba lleno de criaturas que parecían monos sin pelo, salvo que no tenían cola y, a juzgar por la torpe rigidez de sus espaldas y extremidades, no eran aptos para trepar por los árboles. También parecían estar cubiertos de grandes e intrincados tipos de hojas que Hyda nunca había visto antes, presumiblemente para ocultar su piel desnuda.

"¿Qué son esas cosas?" Le preguntó a Kido en voz baja, por si las criaturas la veían.

"Esos son los humanos", dijo. "Vamos, si nos mostramos, nos alimentarán".

Se balanceó para aterrizar en las ramas justo delante del suelo que no era suelo. "Mira", dijo uno de los humanos en voz alta, señalando. "Es un mono araña de vientre blanco". El resto de los humanos se volvió y charló con entusiasmo. El pelaje de la espalda de Hyda se erizó.

Otro humano se acercó a mirar, abriéndose paso suavemente entre la multitud. "Oh, sí, ese es Kido. Es uno de nuestros habituales. Supongo que ha venido a cenar", dijo.

La voz de éste era ligeramente más alta, y Hyda tuvo la fuerte sensación de que era una mujer. De repente, levantó la vista en su dirección y jadeó. "Vaya, vaya, Kido", dijo, sonriendo. Me pregunto si por fin has encontrado una compañera".

La humana se alejó un momento, pero cuando volvió, llevaba un gran manojo de frutas en los brazos. Le lanzó una a Kido, que la cogió con facilidad y empezó a comer. Luego le tendió una a Hyda, llamándola.

Al principio, Hyda se negó a moverse, observando a los humanos balbucear mientras Kido comía, y le lanzarle más en cuanto terminaba. No hicieron ningún movimiento para capturarlo, a pesar de estar lo suficientemente cerca como para hacerlo.

Finalmente, su hambre se hizo tan fuerte que empezó a bajar hasta ellos, pero se mantuvo en guardia.

No pasó nada, así que se colocó junto a Kido y atrapó una de las frutas que la hembra le lanzó. La mordió, sintiendo cómo el jugo corría por el pelaje de su barbilla. Era dulce y carnoso.

"¿Este también es un habitual?", preguntó el primer humano que había hablado.

La hembra sacudió la cabeza. "Nunca he visto a esta antes. Parece bastante joven, así que supongo que está buscando otro grupo".

"¿Qué quieres decir?", dijo el otro humano. "¿Y cómo sabes que es una hembra?"

"Cuando las hembras de mono araña llegan a la madurez, abandonan sus grupos natales y buscan otros nuevos. Los machos se quedan, así que, a menos que tengan antecedentes como Kido aquí, que fue capturado originalmente de la naturaleza por el comercio de mascotas, es raro que los machos se queden solos. Kido sólo se queda con nosotros porque el resto de su grupo natal fue capturado. Por desgracia, los comerciantes que los transportaban estrellaron la furgoneta que utilizaban y tanto ellos como los monos murieron a causa del impacto. Kido fue el único que escapó, y cuando lo encontramos tenía un profundo corte en la pierna. Después de curarlo, lo soltamos con la esperanza de que encontrara un lugar al que ir, pero tiende a quedarse cerca".

"¿Qué vas a hacer con la hembra?" Preguntó el otro humano, señalando a Hyda.

Hyda la miró y le lanzó más fruta. La cogió con avidez.

La mujer humana sonrió. "Mientras esté sana, lo que parece ser, la dejaremos en paz. *A menos* que decida quedarse por aquí con Kido; tengo la sensación de que se le ha pasado por la cabeza". Volvió su mirada hacia él mientras ofrecía su fruta a Hyda.

Hyda se la quitó a Kido con gusto. "Quizá tengas razón", dijo. "Estos humanos parecen seguros, y la comida es buena".

"¿Te quedarás, entonces?" preguntó Kido con esperanza.

Hyda negó con la cabeza. "Seguiré buscando un nuevo grupo familiar. Pero...", dijo, notando que sus ojos se apagaban, "si no encuentro uno, o no me gusta el que encuentre, entonces puedo volver aquí. Si es necesario, podemos crear nuestro propio grupo familiar".

Kido la miró, radiante.

"*Si es necesario*", dijo ella con severidad.

Kido bajó la cabeza, pero le dio más fruta. Ella la tomó.

## Segundo Cuerpo

DESVÍO MI MIRADA del techo para mirar hacia la puerta, donde la leve sombra del Dr. Zaki se mantiene, esperando que responda a su llamada.

"Supongo que quieres mi sangre otra vez", pregunto, girando la cabeza hacia la izquierda para que los sensores de mi cama registren el movimiento. El extremo superior se eleva para que esté en una posición sentada.

Zaki lo toma como una bienvenida y entra en mi escasa habitación, con una sonrisa en la cara. "Me haces parecer una especie de vampiro", dice, mientras comprueba mi goteo y prepara una jeringa para sacarme sangre.

Respiro. "Un vampiro me habría sacado de mi miseria mucho antes".

Levanta una ceja. "Tienes la misma autocompasión en la voz que tiene mi hija", responde, insertando la aguja.

"¿Qué razón tiene para compadecerse de sí misma? Apuesto a que *ella* no está paralizada del cuello para abajo".

"No, pero también es una adolescente. Todos los adolescentes tienen problemas. Es cierto que has pasado por muchas más dificultades que la mayoría, pero eso no significa que no puedas ser positivo. Después de todo, todavía tienes tu ingenio".

Abro la boca para protestar, pero él levanta la mano. "¿Qué dirías si te dijera que podrías volver a caminar, incluso a esculpir?"

"Diría que eres un bastardo mentiroso que está jugando con mis esperanzas. Sé que no hay forma de que ningún tipo de cirugía me ayude", escupo, notando con fastidio que mi bolsa de colostomía está llena. Zaki también lo ve y llama a una enfermera para que venga a vaciarla.

"No estoy hablando de cirugía", continúa, una vez que la enfermera ha terminado, huyendo de la habitación como si yo fuera a gritar blasfemias de nuevo, como la vez que hizo un completo desastre con las sábanas de mi cama.

"Hay un nuevo tipo de tecnología que creo que te ayudará. La llamamos Segundo Cuerpo, y si aceptas probarla, serás la primera persona en hacerlo en el mundo".

Es mi turno de levantar una ceja. "Entonces, ¿qué hace?"

"Antes de responder a eso, ¿puedo preguntarle si has jugado a algún juego de realidad virtual que haya salido en los últimos cinco años?"

"No seas estúpido. Mis padres nunca me dejaron jugar ningún tipo de juego, sobre todo después de que se me conocieran como un tonto niño prodigio".

"¿Pero sabes cómo funcionan?", insiste.

"Sé que implican ponerse una especie de casco. Una de mis amigas solía jugar a ellos. Decía que cuando estabas dentro del juego, tenías tu propio cuerpo virtual que respondía igual que el real. Incluso puedes oler y saborear cosas". Le miro y me doy cuenta de que está sonriendo. "¿Qué tiene que ver eso con todo esto?"

"Bueno, la tecnología de Segundo Cuerpo se basa en gran medida en esos juegos. Sin embargo, en lugar de permitirte moverte en un mundo virtual, Segundo Cuerpo te permite moverte en éste. La idea es que te pongas un casco y tu conciencia se transfiera a un cuerpo artificial".

"¿Como un robot?"

"Sí, pero no se vería como tal. Sería muy parecido a tu aspecto actual, así que, en teoría, podrías ir a cualquier sitio con él y nadie lo sabría. Por supuesto, tu cuerpo real tendría que permanecer aquí en el hospital para que podamos controlarte y asegurarnos de que tu salud no se vea afectada, pero...".

"Lo haré. Es un concepto extraño, pero si puedo salir de esta repugnante cama aunque sea por un día, entonces valdrá la pena. ¿Qué tengo que hacer?"

Zaki parece incómodo. "Necesito la aprobación de tus padres antes de que podamos avanzar con los preparativos principales..."

Me río, entre divertido y furioso. "Si crees que se van a molestar en venir a verte, eres un idiota. Sabes que me abandonaron aquí en cuanto supieron que no podría volver a esculpir".

"Es cierto, no son las personas más comunicativas que conozco. Pero si realmente quieres esto, te prometo que los convenceré por ti". Parece sincero, pero no digo nada. Si realmente cree eso, entonces *es* un idiota. "Confía en mí, ¿de acuerdo? Ahora, en cuanto a lo que podemos hacer mientras tanto, haré que el diseñador de tu Segundo Cuerpo venga a hablar contigo. También podemos empezar tu entrenamiento".

"¿Entrenamiento? ¿Qué tipo de entrenamiento?"

No contesta, pero se da un irritante toque con el dedo en un lado de la nariz.

---

Apenas veo a Zaki durante los siguientes días, a pesar de preguntar a todos los que entran qué pasa. Por fin, tras la séptima vez que escupo mi comida cuando nadie me responde, llega con lo que parece un extraño casco de motorista.

"Esto es para tu entrenamiento", dice, y lo sostiene para que pueda verlo más de cerca. Está sincronizado con un juego de realidad virtual en línea. Es el último que ha salido al mercado y utiliza la tecnología más parecida a la del Segundo Cuerpo. Espero que al jugarlo te acostumbres a usar este casco y a utilizar tu mente para controlar un cuerpo distinto del real".

"Así que mi entrenamiento consiste en jugar a juegos", digo. "Eso no suena muy profesional".

"Supongo que es inusual, pero es la única manera de que te acostumbres a la tecnología que vamos a utilizar. Juega. Diviértete".

Pongo los ojos en blanco. Jugar a un juego parece una pérdida de tiempo, pero lo único que he podido hacer desde el accidente *es* perder el tiempo. Si me ayuda con la tecnología del Segundo Cuerpo, entonces quizá no debería quejarme.

Dejo que Zaki me coloque el arreglo sobre mi cabello y mi cara. Se siente sorprendentemente cálido. También oigo un leve zumbido, presumiblemente de todos los dispositivos que hay en su interior.

"Relájate", él empieza, pero entonces ya no puedo oírle ni ver el techo de mi habitación. Incluso el olor a desinfectante que suele obstruir mis fosas nasales ha sido sustituido por el olor a agujas de pino húmedas.

Abro los ojos, sin saber que los había cerrado, y veo que estoy en un gran claro del bosque, con un único espejo de cristal que flota en posición vertical justo por encima del suelo frente a mí. Me doy cuenta de que lo que estoy viendo no es real, porque todo tiene un claro toque estilístico, y cuando me asomo al espejo, el rostro que me devuelve pertenece a una especie de elfo.

En el espejo hay botones para ajustar no sólo mi cuerpo,

sino también la configuración del juego. Me miro las manos. Ha pasado tanto tiempo desde que podía moverlas... ¿Tiene mi cerebro aún las conexiones para hacerlo?

Lentamente, pienso en retorcer los dedos, pero el cuerpo virtual estaba obviamente diseñado para sentirse mucho más ligero que mi cuerpo real, y acabo golpeándome con fuerza en el muslo. Encuentro lágrimas en mis mejillas, sin saber si son de alegría o de gozo.

Puedo volver a moverme, aunque sea en un juego.

---

Tras un mes de "entrenamiento", Zaki me presenta a la diseñadora jefe encargada del equipo que fabricará mi Segundo Cuerpo, una mujer de unos treinta años llamada Elis. Tiene el pelo morado y un nudo celta tatuado en la muñeca, como los que yo tallaba en mis esculturas y cerámicas.

El aroma de la arcilla y la barbotina me llega mientras la miro; todas las horas que he pasado moldeando y dándole forma vuelven con fuerza. Incluso puedo sentir la humedad de la arcilla en las yemas de los dedos.

Elis tose incómodamente. "El Dr. Zaki me ha dicho que eres un prodigio de la escultura".

Yo resoplo. "Lo era, antes de esto". Señalo con la cabeza a mi patético cuerpo.

"¿Te gustaría volver a esculpir?"

"Por supuesto que sí", digo.

"Entonces te ayudaré. Para que el Segundo Cuerpo te funcione, necesito saberlo todo. Tu pasión por la escultura significa que los brazos y las manos de tu Segundo Cuerpo tienen que tener el mismo peso que los reales, si quieres poder utilizar tus habilidades de inmediato".

Continúa diciéndome que una vez que mis padres den su permiso, volverá a tomar fotos y moldes de yeso de mis brazos.

Me olvidé por completo de necesitar su permiso. Zaki no ha dicho ni una palabra sobre ellos, así que había supuesto que no había llegado a ninguna parte. Pero ahora que he hablado con Elis, sé que esto es realmente lo que quiero. Es vital conseguir que firmen el papeleo.

Pasan tres meses sin noticias, pero entonces Zaki aparece de nuevo sonriendo como un escolar idiota. No dice nada, sino que se limita a mostrar la tableta de su ordenador. Puedo distinguir los documentos de permiso; firmados digitalmente con las firmas de mis padres.

"¿Cómo has...?"

"Mencioné que el proyecto Segundo Cuerpo te permitiría volver a esculpir. No pude firmarlo lo suficientemente rápido".

"Huh", resoplo. Si puedo volver a esculpir, podrán vender mi trabajo a precios exorbitantes, como antes. Debería haber sabido que lo firmarían por eso".

Zaki se encoge de hombros. "Nadie tiene padres perfectos. Además, hasta que no superemos las fases de prototipo, no creo que hacer esculturas para venderlas sea una opción. Tal vez puedas conservarlas como recuerdo de tu rehabilitación".

Por una vez, sonrío.

---

El año siguiente está ocupado. Zaki y Elis vienen regularmente para tomar medidas y ponerme al día de sus progresos. En total, pasan unos trece meses desde que se obtiene el permiso hasta que se fabrica el primer prototipo.

Es hoy.

Me llevan a una habitación similar a una morgue, excepto que solo hay un cuerpo tendido, cubierto con una sábana. Me toma un momento darme cuenta de que eso es todo. Mi Segundo Cuerpo.

Al acercarme, Zaki me levanta la cabeza para que pueda ver bien mientras retira la sábana. Si no lo esperara, me desmayaría. Mi Segundo Cuerpo es casi idéntico a mí, incluso tiene la misma cicatriz en la nariz que me dejó la varicela cuando pequeño.

"¿Qué te parece? Pregunta Elis, que entra en la habitación con el mismo tipo de casco que he estado usando para jugar, pero más elegante".

"Me siento como si me hubieran clonado", digo, sin dejar de mirar el cuerpo.

Ella se ríe. "Supongo que sí. Entonces, ¿estás listo?"

La miro a ella, luego a Zaki, que asiente, y finalmente vuelvo a mirar a mi Segundo Cuerpo, con las comisuras de la boca crispadas. "Podría intentarlo".

Zaki vuelve a bajarme la cabeza para que esté tumbado y Elis me coloca el casco. "No es diferente a cuando juegas. Relájate y deja que el casco haga el trabajo".

Gruño y apoyo la cabeza en la almohada, pero entonces ella se inclina sobre mí y me pregunta si estoy bien.

"Por supuesto que estoy bien", digo. "Todavía no ha pasado nada".

Entonces me doy cuenta de que me acabo de sentar. Ella y Zaki me miran boquiabiertos.

Me miro el estómago, sintiendo frío. Sólo estoy en ropa interior y la bolsa de colostomía no está. Sin querer atreverme, giro la cabeza hacia un lado y me veo tumbado en una cama de enfrente, con el casco todavía cubriendo mi cara.

"No. De ninguna manera", digo. "Esto no puede ser real. Se... *Se siente* igual que mi cuerpo real. Yo no..."

Zaki consigue cerrar la boca y me da algo de ropa. "No esperábamos que tuvieras un control tan rápido. Un movimiento de los dedos, tal vez, o un movimiento de cabeza..." Tose. "Hay un estudio de cerámica en nuestro centro de rehabilitación, si..."

Antes de que pueda terminar de hablar, salto de la mesa y salgo corriendo de la habitación, poniéndome la ropa mientras voy.

## Giro en la Otra Dirección

EL SONIDO de los pasos me despierta del sueño, unos zapatos de tacón recorren el pasillo. Mi reloj marca las tres de la mañana. Debe haber sido una gran fiesta.

Sin embargo, no es habitual que vaya directamente a la habitación de Rich. Por lo general, primero tiene que vomitar o recuperar la sobriedad. No puedo quejarme, mi habitación está justo al lado del baño, y si esta noche se pierde ese ritual en particular, me parece bien.

Oigo que la puerta de su habitación se abre con un golpe. Hay un grito de sorpresa, seguido de voces elevadas. No puedo evitarlo, tengo que ir a ver.

Me quito las mantas de las piernas y me deslizo fuera de la cama, sin hacer ruido al pisar la suave alfombra. Mi puerta cruje al abrirla, pero dudo que puedan oír algo por encima del ruido que están haciendo.

Sigo por el pasillo, llego a la puerta del dormitorio principal y apoyo la oreja en ella. El tapiz de la pared se agita. Me sobresalto, pero me doy cuenta de que es sólo una brisa. Vuelvo a centrar mi atención en la puerta.

"¡No me vengas con esas tonterías, Richard, sé que te has acostado con ella!" dice Michelle en voz baja. Me inclino para mirar por el ojo de la cerradura y la veo de pie frente a su cama. Tiene el maquillaje corrido y su vestido verde corto tiene una mancha oscura, probablemente de vino tinto.

"¿Durmiendo con ella? No seas ridícula, es la viuda de mi hermano", dice desde algún lugar más allá de mi limitada visión. Junto al mini bar, supongo.

"Eso nunca te detuvo antes. Sé que tuviste algo con una de tus primas".

"Michelle, por favor, éramos niños, y ella era una prima muy *lejana de* todos modos. Créeme, no hay otra mujer en mi vida más importante que tú. ¿No lo he demostrado varias veces?"

"Oh sí, me compras joyas y ropa, y me envías a costosos fines de semana de spa, pero eso no es amor, ¿verdad?"

"¿Qué más quieres? Sabes que trabajo toda la semana, y los fines de semana te veo todo lo que puedo".

Hay un silencio mientras Michelle reflexiona sobre sus palabras. Casi puedo ver los pensamientos que intentan nadar por su aturdida mente y llegar a una conclusión sensata, pero entonces frunce el ceño y suelta un gemido que provoca náuseas. De nuevo, el tapiz que tengo a mi lado se estremece. Lo examino, preguntándome si su asombroso talento vocal está causando algún tipo de efecto de temblor, y entonces el tapiz se queda quieto.

"¡Mentiroso! No necesitas trabajar en absoluto, ¡tienes dos empresas! Te dan todo el dinero", dice Michelle, dejando por fin de hacer su horrible ruido.

Ya sé que es un error juzgar la inteligencia de alguien por una sola frase, especialmente cuando están tan borrachos; es un milagro que puedan hablar, pero, por Dios, mujer, ¿no tienes ni idea de cómo se gestionan las empresas?

"Hay que mantener las empresas, querida. No puedo contratar a otra persona para que supervise su funcionamiento; así es como las cosas salen mal. De hecho, así es como conseguí comprarlas en primer lugar".

"Bueno, al menos podrías reducir tus horas, en lugar de pasar todo tu tiempo libre con ella".

¿Mencionándome, otra vez? ¿De dónde había sacado *esa* idea? Como dijo Rich, soy la viuda de su hermano. Ahora que Jon se ha ido, no tengo más familia que mi hermano Markus, que de todas formas está empleado como mayordomo de Rich, y como ya estaba familiarizada con la casa y los terrenos, Rich me preguntó si me gustaría vivir aquí. Es cierto que me gusta, pero no de forma romántica. Lo veo como un hermano más, nada más.

"Escúchame, Michelle. ¿Qué te hace pensar que estoy teniendo una aventura con Jody, también?"

"He visto la forma en que la miras. Las sonrisas secretas, el brillo en tus ojos. Oh sí, me he dado cuenta. Una de tus camisas también huele a ese perfume enfermizo que usa".

"Puedo explicarlo. La camisa tenía un agujero y tú estabas ocupada, así que le pregunté si podía remendarla por mí. En cuanto a esas supuestas sonrisas secretas, sabes perfectamente que Jody y yo somos buenos amigos y compartimos muchas bromas sobre lo parecido que soy a Jon".

Puedo oír el dolor en su voz cuando menciona a su hermano. La muerte de Jon fue tan repentina que nos destrozó el corazón a los dos. Apenas ha pasado un año desde su funeral y Rich es el único con quien puedo compartir mi dolor. ¿Cómo espera Michelle que actuemos, cuando ambos necesitamos ser consolados por el otro?

"¿Realmente quieres que crea que todo esto se debe a Jon? Supéralo, Rich, está muerto. *No lo* estoy, ¡así que préstame atención!"

Algo de cristal se rompe en el suelo; veo que los fragmentos se acercan a los pies de Michelle. Tiene la mandíbula desencajada por la conmoción. Rich debe haber roto una botella. No sé cómo ha podido evitar lanzársela después de ese comentario. Desde luego, *yo no me habría contenido*. De hecho, si no fuera porque sé que irrumpir sólo empeoraría las cosas, ya le habría dado un puñetazo.

"Fuera".

Con esa palabra, Rich proyecta suficiente autoridad para que incluso Michelle obedezca. Se acerca a la puerta más rápido de lo que yo puedo moverme, pero cuando se abre, un par de brazos delgados me agarran y me llevan detrás del tapiz. Michelle pasa en estampida sin saber que estoy allí.

Me giro en la oscuridad, sintiendo que estoy en una especie de pasillo estrecho. Alguien está de pie cerca de mí. Percibo un olor a loción para después de afeitar especiada. "¿Markus?"

"¿Quién más podría ser, hermanita?", responde, encendiendo una vela para que pueda ver su rostro bien afeitado. Señala con la cabeza los alrededores. Ser mayordomo tiene sus privilegios. Se llega a conocer todos los pasajes secretos de una vieja mansión como ésta".

"¿Qué haces levantado tan tarde? O temprano, debería decir", pregunto, recordando la hora.

"Lo mismo que tú. Tenía curiosidad por saber qué pasaba con esos dos. Aunque nunca esperé que ella llegara tan lejos", dice. "El desayuno de mañana debería ser interesante".

---

El desayuno resulta interesante. Nos sentamos todos juntos en el comedor mientras Markus, tan obediente como siempre, y sin que parezca que tenga idea de lo que pasó anoche, nos sirve la comida.

Michelle parece enferma, pero eso no es suficiente para que deje de lanzarme miradas de asco. Rich, en su asiento en la cabecera de la mesa, la sorprende en el acto y anuncia secamente el buen tiempo que hace hoy. Miro por la ventana: está gris y tormentoso.

De repente, Michelle se levanta y saca un cigarrillo de la

funda plateada que siempre lleva encima. Lo enciende y, dando una profunda calada, rodea la mesa hasta situarse a mi lado y exhala tono en mi cara. Toso y me lo quito con el periódico.

"¿Hay algo que quieras decirme?" Pregunto, también de pie. Levanto la mano para silenciar a Rich cuando empieza a decir algo. Sé que no debería reaccionar ante su comportamiento infantil, pero francamente, después de lo que dijo anoche, estoy dispuesta a dar mi opinión.

"Podrías decirlo de esa manera, sí. *Sé* lo que has estado haciendo con mi marido".

"¿De verdad? Entonces quizás deberías decírmelo para que yo también lo sepa".

Ella se burla. "Está teniendo una aventura contigo".

Resoplo. "¿Una aventura? Qué original. ¿Cuándo tuvo lugar esa supuesta aventura?"

"No te hagas la inocente conmigo, Jody. Tu perfume está por toda su ropa, y desde que llegaste ha estado distante de mí".

"Michelle, cuando llegué aquí Jon acababa de morir. Rich estaba sufriendo igual que yo. Por supuesto que ha estado distante. En cuanto a su camisa, es como él te dijo anoche, yo se la arreglé".

*Está bien, esa última parte no fue inteligente.*

"¿Estabas escuchando? ¿Cómo te atreves a espiarnos? Apuesto a que tenías la oreja pegada a la puerta, buscando cada palabra que decíamos. ¡Debes haber estado esperando que nos separáramos para poder entrar como la serpiente que eres y tenerlo todo para ti!".

"Michelle", digo con voz dolorida, "por última vez, no hay nada entre Rich y yo. Créeme".

"¿Creerte? ¿Por qué debería hacerlo? Crees que soy una idiota, nada más que basura blanca. Eres tan mala ocultándolo que no me sorprendería que todo el mundo supiera lo que sientes por mí".

"De acuerdo, es cierto que no eres el tipo de persona con la que puedo llevarme fácilmente, pero nunca he pensado en ti como una basura". Aunque creo que es una idiota. "Hago lo posible por llevarme bien contigo, pero ciertamente lo haces difícil cuando vas por ahí acusándome de todo. La semana pasada fue derramar pintura en tu alfombra nueva, ahora es esto".

"Jody, eres una condescendiente de m..."

"Michelle, ¿podrías mantener la boca cerrada y escuchar para variar? Jody y yo no estamos teniendo una aventura". Interviene Rich, hablando con los dientes apretados.

"Estás perdiendo el tiempo, Rich", digo.

"Los dos están mintiendo", sisea Michelle, demostrando mi punto de vista.

"¿Por qué íbamos a mentirte?" Pregunto.

"¿Por qué? *¿Por qué?* Porque crees que soy una fulana tonta y Richard piensa que quiero su dinero, así que deja de insistir en que no hay nada entre vosotros dos y confiesa. Os he visto paseando juntos por el recinto, cogidos del brazo..."

"No están mintiendo, Michelle. Sólo estás tan paranoica que estás viendo cosas que no existen".

Se da la vuelta y ve a Markus de pie junto a la puerta con una bandeja de té. Tiene los nudillos blancos y agarra la bandeja con fuerza. Frunce el ceño. Está enfadado. Markus *nunca* se enfada.

"¿Qué sabes tú?" Michelle le escupe.

"Jody nunca haría algo así. Todavía está enamorada de Jon; siempre lo estará. Sin embargo, ya que estás tan empeñada en querer acusar a alguien, tal vez deberías acusarme a mí".

Noto que el color se escapa de la cara de Rich. ¿Qué está pasando aquí?

"Markus, quizás deberías servir el té y dejar que yo me encargue de esto", dice Rich en voz baja.

"Oh, no", dice Michelle. Quiero saber *exactamente* qué quiere decir con eso".

"Quiero decir lo que he dicho. Tal vez deberías acusarme de tener una aventura con Rich. Porque es verdad. Sólo que es demasiado tímido para admitirlo", dice Markus sin rodeos.

Bueno, eso es una sorpresa. Sin mencionar que me siento como una hermana pésima. Markus sabe tanto sobre mí, y yo creía que lo sabía todo sobre él. Sin embargo, no tenía ni idea de que era gay. ¿Cómo se me ha podido escapar algo tan importante como eso?

Sin embargo, sé esto: Markus siempre ha sido muy oportuno. El horror en la cara de Michelle ante esta repentina revelación se nos quedará grabado durante años, y creo que incluso Rich se alegró cuando salió de la mansión apenas diez minutos después con la maleta completamente hecha.

Honestamente, en primer lugar nunca sabré cómo fue él a terminar con ella. Al menos ahora él y Markus pueden ser realmente felices. Y, por primera vez desde que Jon murió, creo que yo también puedo serlo.

# El Valor de Miko

MIKO olfateó el aire de la noche y luego comenzó a rascar el suelo en busca de sabrosos bocados. Como pacarana, uno de los roedores más grandes del mundo, debería estar acostumbrado a buscar comida, incluso si eso significaba trepar a los árboles. Por desgracia, para Miko, trepar era algo que nunca podía hacer, pues el miedo que se apoderaba de él cada vez que lo intentaba era demasiado grande para superar su hambre.

Cuando era un cachorro, todos los demás pacaranas de su edad se habían escabullido por los poderosos troncos como si no hubiera nada más fácil, pero cuando Miko lo intentó, la cabeza le dio vueltas y perdió el agarre. Y así se cayó. Otra vez. Y otra vez. Y otra vez.

Los otros cachorros lo encontraban divertido, pero él no podía hacer nada al respecto. Avergonzado, intentó huir, pero su madre lo trajo de vuelta y lo sermoneó durante días.

No todo el mundo puede subir a los árboles la primera vez. A veces hay que esforzarse", había dicho. Estaba bien para *ella* decirlo, ya que había establecido el récord de escalada al trepar por uno de los árboles más altos de la zona cuando sólo tenía unas semanas de vida.

Durante años, Miko intentó superar su fobia en secreto, pero nada más levantar las patas traseras del suelo, el mareo le invadió y volvió a caer al suelo. Ahora temblaba incluso si se acercaba a un árbol.

Sin embargo, encontrar comida en el suelo del bosque era cada vez más difícil. Simplemente no había suficiente. Algunos días no encontraba nada. Eran especialmente duros, ya que su estómago se negaba a dejar de rugir.

Ni siquiera había nadie a quien Miko pudiera acudir en busca de ayuda, pues todos habían desaparecido misteriosamente. El único otro pacarana que vio fue un viejo y agresivo imbécil llamado Ka, y cuando Miko se cruzó con él, se volvió rápidamente hacia el otro lado.

Enfrentarse a Ka no era una idea inteligente, sobre todo si el matón tenía hambre. A menudo atacaba sin razón, como había descubierto Miko unas semanas antes.

Como sucedió, Miko pudo oler a Ka sólo un poco delante de él. Se quedó bien atrás, rebuscando entre un montón de hojas anchas y gruesas para ver si alguna era comestible, fingiendo que no se había dado cuenta de que estaba allí.

Ka castañeó los dientes. No sirvió de nada; ya había captado el olor de Miko. En unos instantes estaría sobre él, y Miko no tenía ningún lugar al que pudiera correr.

Pero Ka no vino. Miko esperó, congelado en el lugar, pero después de unos minutos, la curiosidad le ganó. Se arrastró hacia adelante para estar en la línea de visión de Ka.

Sin embargo, en lugar de Ka, Miko vio una criatura alta, de piel pálida y sin pelaje, de pie sobre dos piernas. *Un humano.* En su mano, retorciéndose y tratando de morder, estaba Ka. Pero el humano tenía una piel extra en sus manos que hacía infructuosos los esfuerzos de Ka.

Miko no sabía qué hacer. Seguro que no le agradaba Ka, pero eso no significaba que mereciera ser atrapado. ¿Qué quería el humano? ¿Adónde lo llevaría?

De forma improvisada, Miko tomó su decisión. Corrió

alrededor de la espalda del humano y le hundió los dientes en el tendón. El humano se tambaleó hacia delante, lanzando un duro grito, y dejó caer a Ka al suelo.

"¡Ka, corre! gritó Miko, empujando al aturdido pacarana lo más lejos posible del humano.

Entonces aparecieron otros humanos, y a las llamadas del que Miko había mordido, persiguieron a los dos pacaranas. Corriendo bajo las extremidades y arrebatando las manos, Miko y Ka se esforzaron hasta que ambos estuvieron al borde del colapso.

Su paso se ralentizó, pero los humanos estaban casi sobre ellos. Tenemos que trepar", dijo Ka, y la adrenalina le hizo recuperar el sentido común. Se escabulló hacia la izquierda y subió a un árbol alto, tan barbado de hojas que era imposible verlo.

"No puedo", gritó Miko desesperadamente. "Nunca he sido capaz de escalar".

"Todos los pacaranas pueden trepar", replicó Ka. "¡No lo pienses, hazlo!

Los humanos estaban cerca ahora; si Miko no se movía pronto, no tendría ninguna oportunidad. Corrió, girando a la izquierda como había hecho Ka y, con el miedo a la captura superando al de su fobia, se lanzó hacia el árbol como una bola de relámpago al revés.

Observó cómo los humanos pasaban a la carrera, sin darse cuenta de lo que acababa de ocurrir. Respirando aliviado, Miko perdió rápidamente el equilibrio y se deslizó de su rama, pero Ka le agarró la pata con la boca y le arrastró de nuevo hacia arriba.

"Quédate quieto", dijo, con un agitado castañeteo de dientes. Miko obedeció, no sólo porque estaba nervioso por lo que Ka pudiera hacerle, sino porque estaba demasiado agotado para hacer otra cosa.

Se sentaron en silencio durante horas, recuperando poco a poco su energía. Por suerte, el árbol en el que se encontraban estaba cubierto de gotas de lluvia, que bebieron con facilidad.

"¿Por qué me salvaste, muchacho? preguntó Ka después de un rato.

Miko lo miró, tratando de levantar de su cerebro la niebla de estar tan alto. "No estoy seguro, exactamente", dijo lentamente. "No sabía lo que iban a hacer contigo, y eso me asustó".

"¿No lo sabías?" dijo Ka, sorprendido. Pensó por un momento. "Tal vez sea mejor así... No saberlo".

"¿Quieres decir *que* sabes lo que iban a hacer?" Preguntó Miko.

Ka asintió. "Iban a comerme".

Miko casi se cae del árbol otra vez. "¿Comerte? Pero, ¿por qué?" Preguntó asombrado.

"Porque son criaturas que comen otras criaturas. Nosotros comemos hojas, tallos y frutos para sobrevivir. Sin embargo, ellos comen carne, piel y huesos. No les importa que queden tan pocos de nosotros; nos cazarán hasta que ya no existamos", dijo Ka, con desesperación y rabia en su voz. "Se llevaron a mi pareja y a mis cachorros hace meses. Nunca los volví a ver".

"Lo siento", dijo Miko con sinceridad. ¿Son realmente los humanos la razón por la que casi no queda ninguno de nosotros? ¿Ellos se llevaron a mi madre y a mis hermanos y hermanas?"

"No lo sé con seguridad, pero es probable", respondió Ka.

Miko comenzó a gemir. La idea de que su familia estuviera muerta hizo que se le encogiera el corazón.

"No sirve de nada llorar, chico", dijo Ka con dureza. "No traerá a nadie de vuelta. Lo único que podemos hacer es huir de los humanos para que no nos atrapen a nosotros también".

Miko olfateó y sacudió la cabeza. "No, debe haber algo que podamos hacer..."

¿Cómo qué?" Se burló Ka. Somos pequeños, débiles y

pocos. Ellos son grandes y fuertes, y son muchos. Últimamente he visto más humanos que cualquier otra criatura que nos cace. No hay manera de que podamos detenerlos".

"Tienes razón", dijo Miko. Tal vez no podamos detenerlos por completo, pero podemos intentarlo. Pueden creer que conocen este bosque, pero seguramente son demasiado enormes como para ver las cosas que nosotros vemos. Podemos sorprenderlos, como yo sorprendí al que te capturó".

"No seas ridículo. Te agradezco lo que hiciste, muchacho, pero deberías haber pensado en tu propia seguridad. Si nos hubieran alcanzado, nos habrían capturado a los dos y llevados para ser devorados. Tratar de salvar a más de nuestra especie corriendo de cabeza hacia el peligro de esa manera no es más que un suicidio. Tuviste suerte esta vez, pero si lo intentas de nuevo, tu suerte podría fallar".

Ka habló tan ferozmente que Miko tragó saliva. Aun así, apretó los dientes, formando su resolución. "Tal vez pierda la suerte y me atrapen, pero tengo que intentarlo".

"Si esa es tu decisión, que así sea. No quiero tomar parte en ella", dijo Ka, con un tono definitivo.

Miko suspiró, sabiendo que era inútil intentar persuadirle, y se apresuró a bajar del árbol de nuevo. Todavía lo mareaba, pero ahora que sabía que podía hacerlo, el miedo no lo agarró con tanta fuerza.

Olfateó el suelo. Los humanos ya se habían ido hace varias horas, pero aun así, su olor seguía siendo fresco. Miko decidió seguirlo.

Claro que sería peligroso, pero si los humanos salían a cazar otros pacaranas, entonces lo llevarían directamente a sus hermanos. Esperaba que no fuera demasiado tarde.

El suelo del bosque era denso con hojas y raíces, y Miko podía sentir los ojos de muchas otras criaturas siguiéndolo. Hubo un crujido por encima de las copas de los árboles, más arriba de lo que Miko podía ver, y un destello de luz brillante iluminó todo a su alrededor.

La lluvia caía, no en forma de suave niebla, sino en grandes y pesadas salpicaduras. Tenía que darse prisa. Si no lo hacía, el olor de los humanos se esfumaría junto con su esperanza de alcanzarlos.

Aceleró, a pesar de estar tan hambriento que pensó que podría desmayarse, torciendo y girando siguiendo el rastro de olor. A pesar de la lluvia, el olor parecía ser más fuerte. Debía estar cerca.

De repente, el bosque se abrió en un pequeño claro en el que el olor le abordó tan bruscamente que le hizo tambalearse.

Había bolsas hechas con pieles de animales (por suerte, Miko no reconoció ninguna de ellas), llenas de frutos secos y tiras de carne. A Miko le dio náusea mirarlas, así que volvió la cabeza hacia una pila de cajas de bambú amontonadas en una esquina. La mayoría estaban vacías o llenas de criaturas que ya no se podían salvar, pero en lo más alto, encogidos como bolas, había tres cachorros de pacarana.

Miko dudó. Miró a su alrededor para asegurarse de que no había humanos escondidos detrás de los arbustos o en cualquier otro lugar, luego respiró profundamente y corrió hacia la pila de cajas hasta llegar a la cima.

Los cachorros le maullaron, petrificados. "Está bien", les dijo. "Voy a sacarlos de aquí".

Evaluó la caja, tratando de encontrar una forma de abrirla, pero no la había. En su lugar, enseñó los dientes y mordió el bambú con fuerza. Tardó varios minutos, pero finalmente consiguió morderlo.

Ensanchó la abertura raspando con sus patas, levantó suavemente a los cachorros uno por uno.

Lentamente, bajaron por la pila de cajas, mojadas por la lluvia. Miko observaba a los cachorros con atención, asegurándose de que no resbalaran y dándoles de vez en cuando un empujón para que no perdieran el equilibrio. Llegaron al suelo, sanos y salvos, pero justo cuando Miko estaba a punto de guiarlos, una gran sombra cayó sobre él.

De un solo golpe, el humano lo agarró por las patas traseras y lo mantuvo boca abajo. Miko se retorció, gritando y gimiendo tan fuerte que los cachorros huyeron hacia los arbustos. El humano sacó una garra gigante y brillante que resplandecía con la primera luz del amanecer.

Miko cerró los ojos.

Entonces se dio cuenta de que estaba cayendo y, con un golpe, aterrizó en el suelo. El humano fue agarrado por su trasero y trató de pisotear el suelo con sus pies al mismo tiempo.

Miko parpadeó. Pasando a toda velocidad estaba Ka, mordiendo la carne del humano cada vez que podía. Miró a Miko y se encontró con sus ojos. Podían hacer esto.

Miko esquivó el agarre del humano y corrió para ayudar a Ka. Más y más rápido corrieron, el humano dando vueltas con ellos. Entonces, por el vértigo y el dolor de los mordiscos de Ka, se siente en el suelo.

Viendo su oportunidad, Miko y Ka corrieron hacia los arbustos donde los cachorros se habían ido. Todavía estaban allí, encogidos bajo las hojas. Los dos adultos no perdieron tiempo en cogerlos por el cuello y correr con ellos hacia el interior del bosque, poniendo la mayor distancia posible entre ellos y los humanos.

Finalmente, se detuvieron para recuperar el aliento.

"Pensé que habías dicho que no querías participar en el rescate de otros". Le dijo Miko a Ka.

Ka mira hacia otro lado. "Sabía que harías que te atraparan idiota. Además, te lo debía", dijo. Olfateó con disgusto mientras miraba a los cachorros. "Ahora mira en qué problema me has metido. ¿Qué vamos a hacer con ellos?"

"Bueno, dudo que les quede familia", dijo Miko, al tiempo que una idea se apoderaba de su mente. Miró a Ka, con los ojos brillando con picardía. "Supongo que nos toca a nosotros criarlos".

Ka se quedó mirando a Miko mientras los cachorros se apoyaban en su piel. "Soy demasiado viejo para esto", murmuró.

## Expectativas del Homosapiens

***12 de septiembre de 1896***

*Querido sobrino,*

*Por favor, deja de molestar a tu querida madre sobre mi trabajo, pues está muy cansada de ese tema. He buscado en mis viejos diarios y así he encontrado las entradas que encontrarás adjuntas. Espero que respondan a cualquier pregunta que puedas tener. Pero si no es así, envíame un telegrama y te responderé a su debido tiempo.*

*Saluda a tu madre de mi parte,*
*Marcellus*

***16 de abril de 1882***
Hoy hace cinco años que enseño como miembro del Colegio y, aunque estoy profundamente satisfecho, ya que tengo alumnos inteligentes y cuatrimestres con matrícula abultada, no puedo evitar sentir que algo falta en mi vida. Admito que

estoy llegando a la edad en la que uno suele establecerse para casarse, pero me temo que es algo más que eso.

***22 de abril de 1882***

Mientras desayunaba esta mañana, leí en el periódico que el estimado naturalista Charles Darwin había fallecido la semana pasada en su casa de Kent. Su muerte me ha entristecido, ya que ha influido en mi visión de la vida y de todo lo natural. Sin embargo, la muerte nos llega a todos y si yo, como él, llego a los setenta y tres años, me sentiré muy satisfecho.

***23 de abril de 1882***

Mientras tomaba notas para mi conferencia de mañana que, como comentarán mis alumnos, son muy necesarias debido a mi tendencia a alejarme terriblemente del tema, miré por la ventana de mi habitación. Allí, para mi deleite, vi un ratón correteando por las losas del patio. Me preocupé por un momento, ya que el Colegio tiene un gato en residencia, pero era tal el color del pelaje del roedor y su diminuto tamaño que, al llegar al seto, desapareció de la vista. Nunca deja de fascinarme la naturaleza.

***26 de abril de 1882***

Acabo de regresar de la oficina del Maestro, pues me llamó allí después de la cena de esta noche. Es raro que me llamen así, de tal manera que acudí con no poco nerviosismo. Voy a relatar nuestro encuentro lo mejor que pueda:

"Maestro", dije, entrando. "¿Desea discutir algo conmigo?"

"En efecto, Marcellus", dijo. "Por favor, siéntate y sírvete de la jarra".

Me senté.

"Ahora, entonces", continuó. "Jones me informó ayer de que te has desviado de tu tema. ¿Es eso cierto?"

"Sí, señor", dije, con el cuerpo rígido bajo su fuerte mirada. "Hablé de la obra de Charles Darwin para explicar una respuesta que di a uno de mis alumnos".

Me observó durante unos instantes y volví a sentirme como un colegial. "Dime, *Marcellus, ¿la evolución es algo que quieres enseñar?*"

"Sí, maestro, lo encuentro fascinante. Sin embargo, no veo cómo sería posible; después de todo, sólo soy un profesor de geología, no tengo ninguna educación formal en la materia".

"Hablas con verdad, por supuesto", dijo él, asintiendo. "Sin embargo, me pregunto si dar conferencias aquí es lo único a lo que estás destinado".

Tomé aire involuntariamente y exhalé mis palabras tan rápidamente que tuve que repetirlas. "Seguramente, señor, ¿no quiere usted decir que me va a despedir?".

El maestro se rió. "Marcellus, si hubiera querido despedirte, no te habría invitado aquí tan amablemente. Esté tranquilo, señor, que su puesto está a salvo. Aunque es posible que pronto te encuentres viajando".

"¿Viajando, maestro? ¿Por qué razón?" Pregunté.

"Para enseñar, señor. A pesar de su falta de educación formal sobre la ciencia de la evolución, puede enseñarla. Enseña a los plebeyos; hombres y mujeres comunes que se encuentran ignorantes de tales cosas simplemente porque sus bolsillos están vacíos".

"¿Las clases trabajadoras?" Dije, sin saber si le había oído bien.

"Sí, Marcellus. El conocimiento y la educación deben ser para todos, como estoy seguro de que estarás de acuerdo. Te dejaré pensar en el asunto durante unos días", dijo.

Y así me despedí y volví aquí para reflexionar sobre ello. ¡Oh, por lo repentino de todo esto!

***27 de abril de 1882***

Siento que debo aceptar la propuesta del Maestro, pues ¿quién puede saber cuándo volverá a surgir una oportunidad así? Aunque hubiera preferido enseñar la evolución dentro del Colegio, sé que sería realmente imposible sin una formación formal. Sin embargo, como dijo el Maestro, la educación debe ser para todos. Estoy seguro de que enseñar a los de la clase trabajadora será una experiencia valiosa, pues parece que hace una eternidad que no estoy en compañía de personas no académicas. Creo que el cambio será refrescante.

***3 de mayo de 1882 - Por la mañana***

El vagón llegó puntualmente a las 6:30 de la mañana y a las

6:36 ya había partido conmigo y mi equipaje a bordo. Se sacudió menos de lo que esperaba, ya que no había estado en uno desde hacía tiempo y, de hecho, me pareció un movimiento bastante relajante.

A las 6:46, el vagón se detuvo frente a la estación y, con mi equipaje a cuestas, entré en el bullicioso edificio con techo de cristal y me dirigí al tren de las 7:05 con destino a King's Lynn. La estación estaba abarrotada, no sólo de gente, sino de humo negro y vapor. A pesar de los empujones y la confusión, conseguí encontrar el tren correcto en unos momentos. Como el viaje iba a ser corto, y debido a los fondos cada vez más limitados del Colegio, comprobé que mi billete era de segunda clase, y me dirigí a los compartimentos de ésta. Antes de hoy, no había subido a un tren en algunos años, por lo que mis expectativas sobre cómo debía estar amueblado el compartimento eran algo escasas, pero me sorprendió gratamente ver que los asientos estaban acolchados, aunque un poco duros. Sin embargo, ahora que el tren está en marcha, he notado una clara falta de espacio para las piernas, y si fuera un hombre más alto, creo que este viaje resultaría bastante incómodo.

### *3 de mayo de 1882 - Por la mañana*

A las 8:44 de la mañana el tren llegó a la estación de King's Lynn, y al desembarcar me pareció que era casi un doble exacto de la estación de Cambridge. Supuse que el diseño debía servir tan bien al ferrocarril que todas las estaciones lo utilizarían así.

Después de pedirle al vigilante que me indicara cómo llegar a la pensión en la que me alojaría, me dirigí hacia allí, pasando por el mercado de la mañana. Mi fuerza de voluntad se puso a prueba al pasar por el puesto de venta de panes recién horneados, pues su olor aromático me tentaba mucho. Aun así, me mantuve firme y seguí adelante.

Tomé la primera a la izquierda y encontré la casa de huéspedes tal como había dicho el director. A primera vista, parecía no ser lo suficientemente grande para un solo huésped, pero afortunadamente, mis ideas preconcebidas resultaron ser falsas. En el interior, el vestíbulo era grande, y muchas puertas se abrían a los lados. Sin embargo, nada más echar un vistazo, una mujer de mediana edad salió a recibirme.

"Usted es el profesor, ¿no es así?", dijo, en un tono muy claro y eficiente. Le contesté que sí, y me dijo que era la señorita Kathleen Jenkins, única propietaria de la pensión.

"Sígame, profesor, y le mostraré su alojamiento", dijo ella, y se dispuso a recoger mi maleta. Le informé de que no era necesario.

"Como quiera", respondió ella, a secas.

Me condujo más allá de todas las puertas de las que había tomado nota, y giró a través de una especie de arco que era casi invisible desde la entrada. Había una pequeña escalera a pocos pasos, y mi habitación estaba en la única puerta en la parte superior. "Mantengo esta habitación reservada para estudiosos como usted. Me parece que son personas que... Prefieren su propia compañía. Debería tener todo lo que necesita". Hizo una breve pausa. "¿Se va a quedar una semana?"

"Así es, planeo viajar por toda Inglaterra"

"Entonces ajustaremos la cuenta para el día de su partida, si le parece bien", dijo ella, con el mismo tono de voz que antes. "El desayuno es a las siete y la cena a las seis. Si desea almorzar, debe avisarme por lo menos tres horas antes, y el costo se añadirá al total. Prefiero no servir a los que llegan tarde, profesor".

Sus modales eran de lo más matronales, pero yo no me había ofendido mucho, ya que, en verdad, cualquiera que desee que su negocio tenga éxito debe atenerse a reglas estrictas.

La habitación que he alquilado es de tamaño modesto, aunque más pequeña que mi querido estudio en la universidad. En la pared del fondo está la cama, con un colchón decentemente limpio y de la firmeza adecuada, y una pequeña mesa en la que he colocado mi ejemplar de El origen de las especies (donde, si lo deseo, puedo alcanzarlo antes de acostarme). El escritorio en el que me siento ahora está situado junto a la ventana, por lo que entra mucha luz en la habitación y puedo escribir sin velas ni lámparas.

Ah, pero ahora el hambre llama, y debo explorar la ciudad en busca de un buen lugar para comer.

***4 de mayo de 1882 - Por la mañana***

Hoy daré mi primera conferencia en King's Lynn, y aunque no soy más que un extraño aquí, parece que se ha corrido la voz sobre el tema que impartiré. Ayer, mientras exploraba la ciudad, se me acercó un médico que me estrechó la mano y, con su lengua tropezando con sus palabras, me dijo lo emocionante que era que un profesor como yo estuviera dispuesto a dirigirse a todos los pueblos sobre un tema tan importante. Hablamos brevemente sobre ello y nos separamos con una sonrisa, pero no habían pasado dos minutos cuando la fina mujer de la cercana sombrerería desvió su atención de sus clientes para golpearme en la mejilla, antes de llamarme blasfemo.

Soy consciente de que muchos de los que han oído hablar de las teorías de Darwin aún no las entienden, pero, ¿llegar tan lejos para insultar a un puro desconocido? Es suficiente para poner mis nervios más inquietos para esta noche. Sin embargo, tengo todo el día para prepararme, así que me aseguraré de redactar mi conferencia con mucho cuidado.

***4 de mayo de 1882 - Noche***

Acabo de regresar de dar mi conferencia en el ayuntamiento. Tal vez la mitad de la sala estaba llena, lo cual era más de lo que esperaba, dado el trato que recibí ayer. También me sorprendió bastante ver a la señorita Jenkins asistiendo, y junto a ella estaba nada menos que la mujer de la sombrerería. Reconozco que al verlas a las dos allí, se me hizo un pequeño nudo en la garganta, algo que no me preocupaba desde mis primeros días dando clases en el Colegio. También me fijé en el buen doctor que estaba allí, y en el vigilante de la estación de tren. Todos esperaron pacientemente mientras yo recogía mis notas y ocupaba mi lugar ante ellos.

"Señoras y señores", había comenzado. "En primer lugar, buenas noches. Les agradezco su asistencia esta noche, pues entiendo que sus agendas pueden estar algo cargadas. Soy el profesor Marcellus Kingston, miembro del Clare College de la Universidad de Cambridge, y me presento humildemente ante ustedes esta noche para hablar de un asunto que ha sido muy influyente en mi pensamiento y mi trabajo: La Evolución".

Entonces hice una pausa para echar un vistazo a la sala, y me alegró ver que su atención se mantenía plenamente.

"Estoy seguro de que muchos de ustedes han oído hablar de la evolución, pero, ¿qué significa realmente? ¿Y qué es eso de la selección natural? Señoras y señores, esta noche responderé a estas preguntas".

"Comencemos con un examen de, digamos, el periquito. El periquito silvestre es un ave originaria del país de Australia y mide, en promedio, apenas cuatro pulgadas de largo. El plumaje es verde, y tienen una estructura ligera, lo que les permite moverse con rapidez. Ahora, permítanme dar las especificaciones de su homólogo doméstico. El periquito doméstico puede crecer hasta seis pulgadas de largo, la estructura es más pesada y el color del plumaje puede variar enormemente, no sólo en diferentes tonos de verde, sino también con variedades amarillas y azules, y se encuentran muchas más variaciones mientras hablamos".

"Pero, ¿qué es lo que causa estas variaciones, señoras y señores? ¿Esta variación en la domesticación? Es la cuidadosa selección de las parejas reproductoras por parte del criador. Buscan con sus ojos entrenados ligeras diferencias entre los pájaros individuales, tal vez una diferenciación de patrón, o un ensanchamiento de la frente, o cualquier otra cualidad agradable a la vista, y emparejan ese pájaro con otro de cualidades similares. Así, nacen crías con esas cualidades que pueden ser criadas, produciendo otra variación de la raza".

"Lo vemos también con muchos otros animales. Por ejemplo, el perro. Si queremos conseguir una línea de sangre de perros fuertes, leales y de carácter tranquilo, ¿no buscamos esas cualidades en los individuos y luego, una vez encontrados, los reproducimos?"

Aunque estaba seguro de que muchos de los presentes no tenían experiencia de primera mano en la cría de pájaros o perros domésticos, me alegró ver un pequeño gesto de aprobación por parte del público, sobre todo por parte del guarda del ferrocarril y, sorprendentemente, de la señorita Jenkins. Animado, comencé a explicar más sobre el delicado proceso de reproducción de rasgos particulares, y luego cómo esto se relacionaba con la selección natural.

"Señoras y señores, ahora que sabemos cómo se producen estas variaciones dentro de las criaturas domésticas, ¿cómo se producen entonces las variaciones con sus homólogos salvajes, y quizás más pertinentemente, por qué razón? ¿Seguro que no hay competiciones entre bandadas de periquitos con un premio al plumaje más extravagante?"

Algunos miembros del público se rieron de esto, y los músculos de mi cuello se aliviaron ligeramente.

"En efecto, la variación en la naturaleza no es gestionada voluntariamente por la especie en cuestión. No, la variación dentro de la naturaleza se produce debido a las propias circunstancias en las que vive la especie. Si una especie animal o vegetal nativa de un clima cálido se traslada a otro más frío, la especie se aclimatará a este clima más frío o morirá. Otro ejemplo es la alimentación: si a nuestro querido amigo el zorro le faltaran presas, también tendría que adaptarse o morir. Por supuesto, no quiero decir que esa adaptación se produzca inmediatamente; hacen falta muchos años y generaciones de descendientes para que una especie cambie. Esto es, queridos míos, lo que constituye el principio básico de la evolución. El cambio de una especie a lo largo de muchos años debido a las fluctuaciones ambientales".

Entonces hice una pausa momentánea, pero antes de que

pudiera continuar, la mujer de la sombrerería, que estaba sentada junto a la señorita Jenkins, me llamó. "Señor, esta teoría suya es... Interesante, pero ¿puedo exponerle las palabras de la Biblia? ¿No dice el Génesis 1:24 que el Santo Padre creó todos los animales tal como son ahora? Me parece que no recuerdo ninguna mención a que hayan cambiado con el tiempo", dijo ella, y noté un brillo en sus ojos mientras hablaba.

"Gracias por su aportación, señora, pero me temo que se equivoca. La Biblia dice, y cito, "Y dijo Dios: Produzca la tierra los seres vivos según su especie, los ganados, los reptiles y las bestias de la tierra según su especie; y así fue". No hay nada referente a los animales creados como los conocemos ahora".

"No esperaba que usted conociera la Biblia tan a fondo, profesor", respondió ella, tras una pequeña inhalación. "Admito que estoy impresionada, pero aun así debo exponer mi punto de vista. Esta evolución, como usted la llama, no aparece en la Biblia, y como el Libro Sagrado es la palabra de Dios, no veo cómo puede usted difundir esta tontería y llamarla ciencia".

"Mi querida mujer, responderé a todas las preguntas más adelante, pero antes, por favor, déjeme continuar. Tengo mucho más que decir", dije, y me complació oír un "¡oído, oído!" tanto del buen doctor como del director. La mujer pareció entonces que iba a hablar de nuevo, pero cerró la boca bruscamente y prefirió marcharse. Pidió a la señorita Jenkins que la acompañara, pero ésta se negó y se limitó a pedirme que continuara. Me pareció que su interés era de lo más acogedor y, por lo tanto, no dudé en continuar.

Hablé durante otra hora, detallando el razonamiento de que la selección natural había desempeñado un gran papel en nuestra propia evolución, aunque un buen número de personas prefirieron marcharse antes de que terminara; finalmente, concluí que, aunque tales teorías contradecían la creación del hombre y de la bestia tal y como se recoge en la Biblia, las pruebas de la evolución eran sencillamente demasiadas para que las ignorasen incluso los que no tenían una mentalidad académica. Los que quedaban aplaudieron, y cuando mis ojos se encontraron con la mirada de la señorita Jenkins, detecté el más leve destello de una sonrisa.

***5 de mayo de 1882 - Tarde***

El buen doctor Ravenhill, según me informó la señorita Jenkins, nos visitó esta tarde. Tiene una naturaleza verdaderamente interesante, y hablamos largamente de la evolución del hombre, y de cómo, durante sus estudios de medicina, tuvo la oportunidad de ver el esqueleto del hombre y del mono uno al lado del otro, revelándole el gran parecido entre ambos. Habló de su deseo de asistir a mi próxima conferencia, y me informó de que había escrito a un querido amigo suyo para que viniera también a escuchar.

"Me alegro de que le haya gustado tanto", dije. "Había empezado a creer que la mayoría pensaba que no valía la pena asistir".

"Mi querido amigo", respondió, agitando la mano ante mis palabras. "Estás educando a la gente en un asunto del que sólo han oído rumores, y muy negativos. Los que se fueron anoche simplemente estaban demasiado abrumados por la idea como para quedarse a escuchar otra palabra. La culpa fue de ellos, no suya".

La señorita Jenkins se acercó a nosotros en ese momento para anunciar que el almuerzo estaba servido en el comedor, pero antes de que pudiera seguir al doctor Ravenhill hasta allí, ella me cogió del brazo por un momento. "Yo también disfruté de su conferencia de anoche, profesor, pero creo que debo advertirle. No tome a la ligera la reacción de los que se despidieron. Muchos se enfadaron por sus palabras, y no creo que ignoren su continua presencia aquí".

"Comprendo su preocupación, señorita Jenkins", dije, "pero simplemente me han enviado aquí para enseñar. Si la gente escucha o no mis clases, es su propia elección. Seguramente no hay nada malo en ello".

Entonces guardó silencio y nos dejó al doctor y a mí solos para disfrutar de nuestra comida.

***5 de mayo de 1882 - Noche***

Esta noche he dado mi segunda conferencia y ahora entiendo la advertencia de la señorita Jenkins. Una multitud se había reunido frente a las puertas para gritar improperios tanto contra mí como contra los asistentes. Afortunadamente, los que habían venido a escuchar optaron por ignorar las burlas del exterior, por lo que seguí su ejemplo y hablé como si no hubiera interrupciones.

Sin embargo, una vez que concluí, temí por la seguridad de todos ellos, ya que la multitud del exterior no se había dispersado. Al abrir las puertas, las burlas se hicieron más fuertes y estoy seguro de haber oído a Madam Clemance, la dueña de la sombrerería, en medio de ellos, pero no pude localizarla. Sin embargo, antes de que alguien pudiera proferir insultos verdaderamente terribles, apareció la señorita Jenkins.

“Ya basta”, dijo ella. Todos se callaron y se marcharon de inmediato.

“Mi querida señorita Jenkins”, dije entonces. “Verdaderamente usted debe tener el respeto de toda la gente aquí, pues la obedecen sin cuestionar”.

“Ah, pero en eso se equivoca, profesor. No es respeto por mí, es respeto por mi padre. Si no fuera por el pensamiento de él, se burlarían de mí tanto como de usted”.

“¿En qué profesión podría estar su padre para exigir un respeto como ese?” Pregunté.

“Tenga paciencia, profesor. Puede que lo sepa mañana o, si no, pasado mañana, porque él viajará hasta aquí para reunirse con usted. ¿No habló el doctor Ravenhill de esto?”

“¿El amigo que el doctor Ravenhill mencionó es su padre?”

“Correcto, profesor. Ahora, venga. La noche es oscura”.

***6 de mayo de 1882***

Hoy descansaré de dar conferencias, con lo que espero que se disipe cualquier animosidad hacia mí por parte de los que no están de acuerdo con la evolución. El Maestro había hablado de que esta tarea era un reto, pues ambos sabíamos que habría quienes tendrían problemas para aceptar ese conocimiento, pero ¿recurrir a los insultos y a las protestas? ¿Seguro que ese es el pasatiempo de los niños?

Sin embargo, no debo dejarme intimidar. Saldré a pasear y, si alguien siente la necesidad de decir algo desagradable, me quitaré educadamente el sombrero y seguiré adelante.

***7 de mayo de 1882***

Esta mañana me han informado de que el padre de la señorita Jenkins llegará esta noche para asistir a mi última conferencia. Espero que la encuentre tan interesante como ella y el Dr. Ravenhill han dicho, ya que ha viajado desde lejos para escucharla.

Ahora debo prepararme, no sólo para mis palabras, sino también para tener la paciencia de no gritar a los que objetarían.

***8 de mayo de 1882 - Por la mañana***

Oh, ¡pero qué lío se armó anoche! El gran moretón alrededor de mi ojo es la prueba de ello, y esta mañana me duele mucho.

Al dirigirme a la biblioteca, donde iba a tener lugar mi conferencia, fui abordado por una gran multitud de personas, y no sólo me dijeron cosas desagradables como antes, sino que además llevaban grandes placas declarando que yo no era más que un blasfemo arrogante, que se complace en insultar a los de la fe y burlarse de sus creencias.

No puedo recordar todo lo que sucedió, pues creo que tal vez mi memoria se haya visto afectada por la fuerza del golpe que recibí, pero sí sé que fue el marido de la señora Clemance quien me golpeó primero. Después de eso, me temo que no recuerdo nada hasta que llegaron el doctor Ravenhill y la señorita Jenkins, seguidos por un hombre de modales señoriales que no dudó en dirigirse a mis agresores.

"¡Dejad de hacer esta barbaridad!", gritó. "¿Sólo son paganos, que atacan a un hombre sin más razón que la de no gustarles lo que enseña?"

Yo, entonces acurrucado en el suelo en posición fetal, no escuché ninguna respuesta, o ninguna lo suficientemente fuerte como para ser escuchada más allá del zumbido que había en mis oídos. En cambio, se apartaron de mí para que el doctor Ravenhill pudiera ayudarme a levantarme. "Por aquí, profesor", dijo, y con la señorita Jenkins agarrando mi otro brazo, me llevó lentamente a su consultorio, que por casualidad no estaba lejos.

No perdió tiempo en buscar los numerosos cortes y magulladuras que había sufrido, y los limpió y vendó con gran eficacia.

"Gracias, señor", dije con toda sinceridad y me levanté.

"¿Qué está haciendo, profesor?" Preguntó él, con cara de asombro. "Usted debe descansar ahora. Llamaré a un carruaje para que os lleve a usted y a la señorita Jenkins de vuelta a la pensión".

"¿Descansar? Pero, buen señor, debo dar mi conferencia. El padre de la Srta. Jenkins estará esperando por ella".

"Mi padre no esperaría que usted diera una conferencia esta noche después de ver tal abuso gratuito hacia usted, señor. Espero que esté ocupado hasta muy tarde. Él mismo se confesará por todos los que le han ofendido esta noche".

"¿Confesión? ¿Es un hombre de la iglesia?" Pregunté, con mi sorpresa demasiado clara incluso para mis propios oídos.

"En efecto. Un obispo", dijo ella. "Yo era una niña abandonada recién nacida, y él encontró en su corazón la manera de criarme. Ahora, descanse hasta que llegue el carruaje. Olvídese de su conferencia, porque le dejaré quedarse dos noches más sin cargo".

Así que acabo de desayunar en la cama, y ahora espero la visita del buen obispo que, según me informó la señorita Jenkins, sigue muy interesado en oírme hablar. Espero con ansias su visita, pues debo agradecerle que haya detenido a mis atacantes anoche.

***8 de mayo de 1882 - Noche***

El obispo llegó a tiempo, y tuvimos una espléndida discusión después de que yo le diera mi conferencia. Lo contaré aquí:

"Señor, debo decirle que usted es la única persona verdaderamente devota que hasta ahora no se ha reído ni se ha enfadado con estas teorías. Yo mismo tuve problemas para aceptarlas en mi juventud, y nunca he seguido la doctrina religiosa más allá de que mi madre me llevara a la iglesia todos los domingos", le dije.

Sonrió y contestó: "Una teoría como ésta, que creo que tiene su mérito, no puede hacer tambalear la fe de nadie, porque ¿quién puede decir que no fue así como Dios nos creó a nosotros y al mundo que nos rodea?"

"Esa gente que se opone no debe tener oídos para escuchar, porque parece que no oyen bien tus palabras. No encuentro nada que vaya en contra del Todopoderoso en lo que dices, y si esas personas escucharan correctamente, también lo verían".

Se levantó entonces y pidió perdón por haber interrumpido mi descanso durante tanto tiempo, y se alejó de mi compañía para dejarme con mis pensamientos.

Creo que, después de todo, esta propuesta del Maestro ha encontrado algún valor. Pero basta de eso, ahora debo cenar y dormir, porque si no estoy lo suficientemente descansado para dar mi última conferencia mañana, la señorita Jenkins me ha informado de que, después de todo, aceptará el pago de estos días extra.

***13 de mayo de 1882***

Hoy he llegado a Norwich, después de prolongar mi estancia en King's Lynn unos días más de lo previsto. Me culpo por haber sido presa de la sensacional cocina de la señorita Jenkins, aunque mi cartera es ahora mucho más ligera de lo que desearía. Como tal, mi alojamiento esta noche es humilde, siendo la casa pública más barata con habitaciones libres que pude encontrar.

Mi habitación está adornada únicamente con una cama y un lavabo. Hay un único retrete compartido con los propietarios del establecimiento y sus clientes que, por sus modales y su falta de limpieza general, me hacen dudar de mi seguridad.

La cena de esta noche consistió en un simple caldo y pan algo rancio, aunque me las arreglé para bajarlo preparando una mezcla especial de té que el Dr. Ravenhill me regaló para calmar mis nervios. Afortunadamente, es un té que se sirve sin leche y, hirviendo un poco de agua de la jarra del lavabo mediante un ingenioso hornillo de viaje que compré hace unos años en una convención de inventos, con su correspondiente tetera, conseguí una buena infusión.

Mi primera conferencia aquí ya ha sido organizada para mañana por la noche, así que ahora debo irme a la cama si quiero prepararme para ella.

***14 de mayo de 1882 - Por la mañana***

Siempre me sorprende la hora tan temprana que algunos comienzan a beber. La casa apenas ha abierto y ya todas las mesas están llenas, incluso en la que ahora escribo mientras desayuno. Por supuesto, estos hombres son de una clase diferente a la mía, y debería estar preparado para sus costumbres, pero ¿por qué este tipo insiste en inclinarse sobre mi plato? Su olor parece que me hace sentir mal.

Quizás deba dar un paseo para refrescar mis fosas nasales. Oh, ¡cómo pueden variar los lugares de alojamiento en función del peso de tu cartera!

***14 de mayo de 1882 - Noche***

Mientras exploraba la ciudad, busqué por casualidad mi cartera y, para mi disgusto, la encontré perdida. Lo he denunciado a la policía, aunque me temo que el agente estaba más concentrado en su almuerzo que en mis palabras. Aunque me enfurece, ahora debo asistir a mi conferencia y no puedo buscar al autor. Mi único pensamiento es que debe haber sido ese fragante compañero de esta mañana. Oh, ¿qué tan ingenuo pude ser?

***15 de mayo de 1882 - Por la mañana***
Actualmente me encuentro en la celda de la policía de Norwich, con el ojo izquierdo magullado y un corte por encima de la ceja.

Sucedió después de que mi conferencia llegara a su fin (la cual, debo decir, se desarrolló muy bien, aunque hubo algunos que determinaron que debía buscar la orientación de la iglesia para curarme de mis delirios). De hecho, me estaba quitando tranquilamente el sombrero ante un caballero especialmente agradecido del público cuando por casualidad vi al tipo que sospechaba que me había quitado la cartera mientras desayunaba ayer por la mañana. Había pasado por delante de la puerta y, enfadado, me dispuse a buscarlo y enfrentarlo.

El tipo no se tomó bien mis acusaciones y me empujó hacia atrás y, al perder el equilibrio, mi mano salió volando y chocó con su cabeza. Le golpeé con fuerza y cayó al suelo, inconsciente. Una mujer que estaba cerca de nosotros dio un grito de alarma y, por fortuna, alertó a un agente que pasaba por allí en su ronda.

Antes de que pudiera explicar la situación y recuperar mi cartera, el agente me puso bajo arresto y me llevó a la misma comisaría donde había denunciado el robo.

"Alguacil", protesté con fuerza. Sé que su deber es hacer cumplir la ley, pero le prometo que esto fue un accidente. De hecho, si el hombre no me hubiera empujado y yo no hubiera perdido el equilibrio, mi puño no habría golpeado su sien".

"Así que te empujó", dijo el agente, que seguía llevándome

con bastante fuerza a las celdas. "Supongo que por eso te pareció apropiado pegarle un puñetazo".

"Señor, por favor, ya le he contado lo que pasó. Escúcheme, el hombre me robó la cartera hace un rato y yo sólo quería hablar con él y pedirle que me la devolviera. Nunca hubo ningún plan para volverse violento. Después de todo, soy un profesor, no un vulgar rufián".

"Aquí hay de todo, *profesor*, y déjeme decirle que todos tienen la misma historia", dijo, abriendo la puerta de la celda. Ahora, entre y guarde silencio. El agente Hitch está de servicio hoy aquí, y los prisioneros ruidosos tienden a colmar su paciencia".

Así que ahora he pasado una noche en esta celda, sin nada más que una delgada colcha y, para mi desagrado, una bacinilla tan sucia por otros que me da asco sólo estar cerca de ella. Me han quitado todas mis pertenencias, excepto este diario. *Debo* encontrar la manera de convencerlos de que soy inocente de este crimen.

***15 de mayo de 1882 - Noche***

Acabo de regresar de un interrogatorio, una experiencia realmente espantosa, debo decir. No puedo imaginar lo que deben sentir después los culpables de los delitos que se les imputan, pero ciertamente me siento más agotado y débil de lo que hubiera creído posible.

Después de responder a una multitud de preguntas, ninguna de las cuales me pareció que tenía que ver con el asunto, me pidieron que explicara lo que había sucedido, aunque me interrumpieron con frecuencia mientras intentaba hacerlo.

"Así que lo golpeó accidentalmente al caer, ¿correcto?" Preguntó el detective que me entrevistaba. Su rostro estaba endurecido, su voz era mecánica y directa.

"Sí, señor, no podría haber ocurrido de otra manera. Estoy en contra de la violencia en cualquiera de sus formas". Hablé con seriedad, pero su actitud de piedra no cambió.

"¿Sabe usted que había un testigo?", preguntó él.

"Sé que una señora gritó, pero no me consta que haya visto todo el suceso. Si lo hizo, entonces seguramente eso es una prueba de que soy inocente".

"Si ella hubiera dado el mismo relato que usted, lo sería. Desgraciadamente, ella tenía la impresión de que usted golpeó al hombre con rabia y lo dejó inconsciente".

"Está equivocada; ¿quizás su vista es menos que justa?", dije. Verdaderamente, era inconcebible de otra manera.

El detective me ignoró y continuó. "El hombre en cuestión también ha declarado que usted le golpeó con intención después de acusarle de haberle quitado la cartera".

"Se llevó mi cartera, señor. Si no lo hubiera hecho, no me habría enfrentado a él por ello".

"¿Admite ahora que le golpeó a propósito?", dijo, tomando nota.

"Está tergiversando mis palabras, señor", dije, indignado.

"En todos los casos que he investigado, sólo los culpables han reaccionado con ira al ser interrogados". Me miró fijamente y yo, entendiendo lo que quería decir, cerré la boca de inmediato. "Creo que eso es todo por el momento", dijo, recogiendo sus papeles.

Hizo una señal a los guardias que esperaban fuera y vinieron y me trajeron de vuelta a esta celda. Por muy positivo que intente ser, no parece que las cosas vayan a ir a mi favor. Tal vez esté maldito con mis viajes, con los problemas que tuve en King's Lynn y con esto.

La hora se ha hecho tarde y, sin lámpara para ver, mi escritura empieza a desdibujarse ante mis ojos. Creo que es hora de retirarme a dormir.

***16 de mayo de 1882***

Para mi mayor sorpresa, esta mañana me despertaron informándome de que había venido a verme un visitante. Sin embargo, no me enteré de quién era hasta mucho más tarde, ya que el detective se había llevado a quien fuera para interrogarlo, presumiblemente para averiguar más cosas sobre mí. Esperaba que quien fuera me conociera lo suficiente como para dar fe de mi buen carácter, pero no podía ni siquiera empezar a pensar de quién podría tratarse. El Colegio no podía haberse enterado de mis desventuras y dudaba que alguien de este pueblo se preocupara lo suficiente como para verme, a menos que fuera el dueño de la taberna, de rostro oscuro, que venía a informarme de que ya no me guardaría la habitación.

Sin embargo, antes de que pudiera dejarme llevar por mis pensamientos, el guardia regresó y me informó de que me iban a interrogar de nuevo. Me llevó a la sala de interrogatorios, donde me esperaba de nuevo el detective.

"Me complace ver que tu temperamento se ha enfriado. Tal vez un buen sueño en nuestra acogedora cama te ha puesto de buen humor". Hablaba con humor, pero no había nada de eso en sus ojos. Decidí ignorar su ridícula burla y esperé a que continuara.

"Acabo de tener una conversación muy interesante con una mujer llamada Kathleen Jenkins".

"¿La señorita Jenkins? ¿Ella estuvo aquí?" dije, asombrado.

"¿La conoces, entonces?", dijo él.

"Por supuesto que sí. Seguro que ella se lo ha dicho".

"No te he llamado aquí para discutir lo que ella dijo. ¿Por qué no me cuentas tú mismo tu relación con ella?"

Así que le reviví mi época en King's Lynn y, para mi gran sorpresa, se quedó callado hasta que terminé.

Me miró por un momento, con una ligera arruga en la frente, como si estuviera calculando algo en su mente. "¿Tiene usted una relación sentimental con la señorita Jenkins?"

"Por supuesto que no", dije, tan sorprendido como ofendido por la idea. Después de todo, soy un caballero. "Sólo hace una semana que la conozco. Sería muy inapropiado iniciar una relación después de tan poco tiempo".

"Pero, ¿sientes algo por ella?", dijo con la misma delicadeza de voz que alguien que me preguntara dónde podría haber comprado mi sombrero.

Al no ver la relevancia de la pregunta, dudé, pero él me lanzó su fuerte mirada y entonces respondí. "Me gusta, sí. Con el tiempo, creo que nos haremos buenos amigos".

"Ya veo", dijo y volvió a llamar a los guardias para que me llevaran.

Ahora me pregunto qué quería la señorita Jenkins de mí. ¿Cómo había llegado a encontrarme aquí? ¿Y dónde estaba la buena señora ahora?

***17 de mayo de 1882 - Por la mañana***

Me desperté temprano, no por las pesadas botas de un policía, sino por el suave pero inconfundible sonido de los zapatos de tacón de una dama. Antes de que pudiera prepararme para la visita del sexo débil, me encontré mirando a los ojos de la señorita Jenkins.

"Señorita Jenkins", dije, tratando de ajustar el cuello de mi camisa sin que se diera cuenta. Esperaba también que la barba incipiente de mi barbilla y la fragancia no lavada de mi cuerpo no fueran tan desgarbadas como creía. "¿El detective la ha dejado aquí?"

"Lo hizo", contestó ella con mucha calma. "No hay necesidad de arreglar su aspecto, profesor; estoy segura de que una noche aquí hace estragos en el vestuario".

"Yo... Sí, efectivamente, señorita Jenkins. No puedo decirle lo maravilloso que es verla, pero, ¿cómo terminó en Norwich?"

"Usted dejó uno de sus libros en la pensión. Vine a dárselo, pero cuando pregunté por su paradero, me enteré de que le habían acusado de agresión. Así que aquí estoy", dijo ella, muy segura de sí misma. "Ya he enviado un telegrama a mi padre explicándole la situación. Debería llegar en el próximo tren. Estoy segura de que la policía se tomará muy en serio sus palabras y lo liberará inmediatamente".

¿Estás segura de esto?" Pregunté con inseguridad.

"Es inocente, ¿no?"

"Claro que lo soy. Nunca golpearía a un hombre a propósito".

"Entonces estoy muy segura, profesor", dijo ella, con una fuerza algo metálica en su voz. Se marchó tan rápido como había venido, y yo totalmente perplejo, me quedé sentado en un estado de estupor durante varios momentos antes de comprender realmente todo lo que había dicho. Si ella y el obispo se salían con la suya, al final del día volvería a ser un hombre libre.

***17 de mayo de 1882 - Noche***

El guardia de turno desapareció durante unos instantes de forma bastante inesperada y, cuando volvió, el detective estaba con él. Para mi vergüenza, me alegré de verle con un aspecto un poco molesto.

"Profesor, parece que de alguna manera ha encontrado una salida a esta situación. Una vez que abra esta puerta, será libre de irse. Sin embargo…" dijo él, con su voz habitualmente calculada quebrándose ligeramente, "no espere que la influencia de sus amigos le ayude en una segunda ocasión. Incluso los de una posición social más afortunada acaban siendo desafiados".

El hombre no pudo ser más claro en su significado, a pesar de las veces que le había explicado que todo había sido un accidente. Aun así, abrió la puerta de la celda como había dicho y salí, sintiendo tal alivio que era un milagro que no saltara por el pasillo.

Al salir a la estación propiamente dicha, me sorprendió encontrar a la señorita Jenkins y a su padre esperándome.

"Profesor, me alegro de verle con tan buen aspecto después de semejante prueba", dijo el buen obispo, con cara de alivio.

"Debo darle las gracias, señor. Si usted y su hija no hubieran influido en el juicio del detective, quién sabe dónde habría acabado", dije. "Ojalá pudiera pensar en alguna forma de recompensarle, pero no creo que nada de lo que pueda ofrecer sea suficiente".

El buen obispo sonrió, al igual que la señorita Jenkins. "Creo que hay algo", dijo ella, con las mejillas un poco rosadas. Siempre he deseado viajar y ahora he encontrado a alguien que se encargue de la pensión mientras yo estoy fuera".

"Me temo que no le entiendo del todo", dije, algo desconcertado.

"Deseo viajar con usted", dijo ella. Le han robado sus fondos, ¿no es así? Lléveme con usted y pagaré todas nuestras necesidades".

¿Cómo podría rechazar una oferta de una dama tan gentil?

***18 de mayo de 1882***

La señorita Jenkins y su padre pasaron la noche conmigo en Norwich, aunque optaron por pagar habitaciones en uno de los mejores hoteles de la ciudad. Mi propia habitación, que ellos también pagaron porque no me habían devuelto la cartera, era gloriosa comparada con la que había ocupado en la casa pública y un alivio bastante bienvenido respecto a la celda de la estación.

Para mi mayor deleite y fascinación, descubrí que había un cuarto de baño equipado dentro de mis aposentos. Creo que los franceses lo llaman *suite*. ¡Qué maravilloso es tener mi propio baño, en el que puedo pasar todo el tiempo que quiera sin retrasar a los demás! Incluso en el Colegio mis colegas y yo debemos compartirlo.

Así pues, esta mañana estoy limpio y fresco, con el estómago lleno y, una vez más, para la perspicacia de la señorita Jenkins, con una conferencia prevista para esta noche. Primero, sin embargo, debo telegrafiar al Colegio y solicitar más fondos para mis viajes, ya que, a pesar de la oferta de la señorita Jenkins de pagar todos nuestros gastos de viaje, cuando uno considera los costos de mantener una casa de huéspedes, no lo considero justo. Sin embargo, la idea de hablar con el Maestro me produce una sensación de aprensión, dado que debo explicar el porqué de la pérdida del dinero con el que partí.

***19 de mayo de 1882 - Por la mañana***

Esta mañana desayunamos tan copiosamente que sentí que nunca más tendría hambre. Después de comer, el buen obispo anunció que hoy viajaría a casa y nos deseó a mí y a la señorita Jenkins la mejor de las suertes en nuestro viaje.

Todavía no he asimilado del todo la idea de que me acompaña, pero me atrevo a decir que será una compañera de lo más animada y conocedora.

Esta noche daré otra conferencia, de nuevo organizada por la señorita Jenkins, y luego descansaré un día antes de dar la última.

Menos mal que no era consciente de los problemas en los que me iba a ver envuelto en este viaje, si no, nunca me lo habría planteado. Espero que no haya más sorpresas al acecho.

***19 de mayo de 1882 - Noche***

Esta noche se me ha acercado un caballero con una propuesta de lo más interesante. Me ha preguntado si podría viajar a la isla de Wight, la isla que se ha ganado el favor de Su Majestad y de muchos artistas y hombres de ciencia.

Se dice que Charles Darwin comenzó a escribir "El origen de las especies" durante su estancia allí, por lo que ser invitado a dar una conferencia allí era todo un honor.

El caballero, el señor Edgar Silverston, como se presentó a sí mismo, declaró que él y algunos otros han formado una especie de organización, interesados en el avance académico, y que estarían encantados de que me quedara con ellos.

Tendré que hablar con la señorita Jenkins sobre el asunto, pero no veo ninguna razón por la que se oponga. He oído rumores de que la isla en sí es muy hermosa, una vista que todo el mundo debería ver.

***20 de mayo de 1882***

Para mi alegría, la señorita Jenkins ha aceptado viajar conmigo a la isla de Wight. Como cree que será una estancia algo prolongada, me ha pedido que la acompañe de compras para que pueda adquirir ropa más adecuada. Como descubrí antes, ella sabía mucho más sobre la famosa isla que yo, y me dijo que las caminatas recreativas y los paseos a caballo son actividades que muchos disfrutan allí, así como la navegación y la natación.

Creo que nuestra estancia allí será de lo más preciosa, aunque aún está por determinar el tiempo que tendré para esas cosas.

***12 de mayo de 1882***

El señor Silverston me comunicó hace poco que él y sus colegas no me esperarían en la bella isla hasta dentro de varias semanas, por lo que he planificado nuestro viaje de modo que pueda detenerme en varias ciudades para dar conferencias y, si el tiempo lo permite, incluso en Londres. El Maestro me dijo que viajara todo lo que pudiera, y como me concedió tan amablemente el dinero extra que le pedí, no veo razón para desperdiciar la oportunidad.

Mañana la señorita Jenkins y yo partiremos hacia Lowestoft y, desde allí, a Ipswich. Creo que ella está más emocionada que yo, pues sigo preocupado por de nuevos incidentes. Sin embargo, la dejaré al margen de mis temores, ya que es una cosa muy triste enturbiar las experiencias de otra persona con tanto pesimismo.

***23 de mayo de 1882***

La señorita Jenkins y yo estamos en este momento a bordo del tren hacia Ipswich, después de haber dado la única conferencia en Lowestoft. Me habría quedado más tiempo, porque aunque hubo las objeciones habituales, el público en general parecía muy complaciente y algunos incluso se quedaron un rato después para seguir discutiendo. Un hombre, creo que un panadero, llegó a afirmar que siempre había sentido que los seres humanos estaban conectados de alguna manera con los animales, pero que nunca había conseguido averiguar cómo. Las teorías de Darwin le habían dado por fin tranquilidad.

Sin embargo, por mucho que me encantó el lugar, parecía que la señorita Jenkins no. A menudo pensaba en preguntarle por qué, pero no hay que entrometerse en los asuntos de una dama, a pesar de lo mucho que ella se ha entrometido en los míos últimamente. Debo decir que, aunque sólo llevamos unos días en compañía, ella ya sabe todo lo que ocurrió en mi infancia, más bien sencilla, y todo lo que ocurrió en el Colegio antes de que yo partiera.

No puedo evitar preguntarme qué piensa de mí, ni dejar de pensar si nuestra amistad se convertirá en algo más que eso. ¿Son realmente tan impropios estos pensamientos?

***26 de mayo de 1882***

Oh, pero qué ocupados hemos estado estos últimos días. Nos quedamos en Ipswich durante dos noches y, debido a la perspicacia de la señorita Jenkins para telegrafiar desde Lowestoft para hacer arreglos, di conferencias en ambas noches. Desde allí, tomamos el tren a Londres que, a nuestra llegada, la señorita Jenkins declaró que era el lugar más sucio en el que había estado. Me inclinaba a estar de acuerdo con ella.

Tantos cuerpos en tan poco espacio empezaron a hacerme sentir bastante mal, pero mis náuseas disminuyeron una vez que estuvimos en el carruaje que nos llevaba al hotel que la señorita Jenkins se encargó de elegir. Verdaderamente, es una mujer de buen gusto y de mente sensata, ya que incluso en un lugar así, nuestras habitaciones son cómodas y prácticas, pero no suponen un gran gasto.

Esta noche daré mi primera y única conferencia aquí, porque el permanecer por más tiempo volvería loco a cualquier hombre. Quizás es por eso que muchos aquí recurren al crimen.

***27 de mayo de 1882***

Llegamos ayer a Brighton, una ciudad muy refrescante. Ya siento que el aire fresco y salado despeja de mi ser la oscuridad de Londres. Este es el último lugar en el que nos detendremos antes de dirigirnos a la isla de Wight y, por Dios, tengo la intención de disfrutarlo.

El oleaje en las orillas es ciertamente muy tranquilizador y me obliga a reflexionar sobre la gran densidad de vida en las profundidades del océano. Por desgracia, la señorita Jenkins cree que la mejor manera de experimentar el océano es nadando en él y, debido a mi vergonzosa confesión de no haberlo hecho nunca, ha prometido enseñarme lo básico. ¡Qué mujer tan moderna es!

***1ro de junio de 1882***

La señorita Jenkins y yo hemos llegado por fin a la isla de Wight esta tarde, después de haber tomado el tren hasta el puerto de Portsmouth y de haber embarcado en el transbordador (un potente vapor de paletas llamado *PS Victoria,* introducido en la flota apenas el año pasado, según nos explicó el buen taquillero). El mar estaba notablemente tranquilo y la travesía fue agradable, aunque la señorita Jenkins llegó algo mareada. Sin embargo, su recuperación fue rápida una vez que desembarcamos y pronto tomamos un tren hacia el pueblo de Bembridge, donde el Sr. Silverston iba a reunirse con nosotros.

Llegamos a tiempo y encontramos un carruaje esperándonos, aunque sin rastro del propio señor Silverston. Al preguntarle al conductor, éste se limitó a decir que había recibido instrucciones de llevar a un tal profesor Marcellus Kingston y a una tal señorita Kathleen Jenkins a la casa de Heathshield, donde nos alojaríamos durante nuestra estancia.

La señorita Jenkins me aconsejó que no siguiera con el asunto, segura de que todo se solucionaría a nuestra llegada y, efectivamente, así fue.

La Casa Heathshield resultó ser un edificio de aspecto bastante grande e importante en las afueras del pueblo y contaba diez habitaciones, sin incluir el comedor y la sala de conferencias. La encontré encantadora, porque en cada pared había grandes estanterías llenas de modernos libros sobre ciencia, arte y literatura. Si la señorita Jenkins no me hubiera cogido del brazo con delicadeza, pero con fuerza, y me hubiera conducido hasta donde el señor Silverston acababa de hacer su aparición, me habría quedado maravillado durante horas.

“Siento mucho no haberlos recibido en la estación”, empezó diciendo. “Me temo que el trabajo me ha absorbido y me ha robado el tiempo. Espero que no se hayan ofendido”.

"En absoluto, señor Silverston. Pensamos que había ocurrido algo de esa naturaleza", dijo la señorita Jenkins con suavidad. Asentí con la cabeza, mientras mis ojos seguían rastreando los títulos de los volúmenes en la pared detrás de él.

"Ah", dijo él, evidenciando que había captado mi mirada. "Por favor, siéntase libre de leer lo que desee. Creo que, además de sus conferencias sobre la evolución, enseña usted geología, ¿no es así?"

"Tiene razón, señor", respondí, impresionado de que supiera tanto de mí.

"Entonces creo que encontrará los libros que he colocado en su habitación muy interesantes. En cuanto a usted, señorita Jenkins, me preguntaba si le gustarían las obras literarias de las hermanas Brontë. ¿Ha oído hablar de ellas?" Preguntó.

"Lo he hecho, aunque lamentablemente todavía no he leído ninguna. Debo decir, señor Silverston, que su cortesía no tiene límites", dijo ella. ¡Qué adulación!

Hablamos sólo unos instantes más antes de que nos llevaran a nuestras habitaciones, ya que la hora se hacía tarde y necesitábamos refrescarnos y cambiarnos antes de bajar al comedor.

***2 de junio de 1882***

No puedo expresar lo inspiradora que fue nuestra conversación de anoche. Sentados a la mesa había otras personas, cada uno de ellos tomando su lugar por su cuenta. En el sentido de las agujas del reloj, sus nombres eran: El Dr. James Haversmith, que dirige una clínica para personas que han sufrido traumas intensos, ya sea por la guerra o por otros medios; el

Sr. Edward Stonefair, bibliotecario jefe de la isla; la señorita Elizabeth Telmar, arqueóloga que acaba de regresar de una excavación en Egipto; el profesor Albert Hues, conferenciante de matemáticas y, por supuesto, el propio Sr. Silverston, que es propietario de una empresa que se dedica a la fabricación de placas secas para su uso con una cámara, y que por tanto se dedica a la fotografía.

Ni qué decir tiene que tuvimos mucho de qué hablar y, para mi deleite, la señorita Jenkins también participó plenamente en la conversación, interrogando con frecuencia a cada uno sobre su área de especialización y revelando a todos sus propias experiencias con la fotografía, ante lo cual confieso que estoy un poco asombrado. Tengo la impresión de que puede ser una de esas personas ejemplares que hacen bien todo lo que se proponen.

Hoy, el Sr. Silverston nos ha organizado una visita a la isla para que nos sintamos más asentados y, creo, para darnos la oportunidad de organizar lugares adecuados para las conferencias que daré durante mi estancia.

Ah, ahora mismo llaman a la puerta para decir que nuestro carruaje está listo. Creo que será una salida muy educativa.

***10 de junio de 1882***

La semana ha pasado rápidamente y realmente me siento tan instalado aquí como siempre lo estuve en Cambridge. He dado conferencias en Ryde (la encantadora ciudad donde llegó a puerto el *PS Victoria*) y en Newport, la ciudad más céntrica de la isla. La respuesta a ambas fue muy positiva, algo que espero que prevalezca en todas mis conferencias aquí.

También, gracias a las recomendaciones del señor Silverston, he sido invitado a participar en algunos trabajos de campo geológicos, algo que he echado mucho de menos desde que me convertí en miembro del Colegio. Creo que el lugar se llama Alum Bay, que, como explicó el Sr. Silverston, es famoso por su colorida piedra arenisca. La señorita Jenkins me acompañará y, según me han dicho, se le ha dado pleno uso de la mejor cámara del señor Silverston para la ocasión. Admito que estoy ansioso por ver sus habilidades de primera mano.

***15 de junio de 1882***

Después de nuestro trabajo de campo de esta mañana en Alum Bay, que me ha dejado bastante vigorizado, me complace decir que continuará durante unos días más. El señor Silverston y la señorita Telmar nos han invitado a una conferencia nocturna. Tratará sobre los hallazgos arqueológicos en la isla y creo que se expondrán varios huesos y fósiles, lo que me parece muy interesante.

Creo que la señorita Telmar ha organizado el evento, ya que es algo así como una amiga íntima del arqueólogo que habla allí. Nunca había soñado que esta pequeña isla pudiera tener una historia tan fascinante; es suficiente para que desee prolongar nuestra estancia aquí. Habiendo hablado hace poco con la señorita Jenkins sobre el asunto, está claro que ella piensa lo mismo.

Sólo hay una cosa que me preocupa, y es la aparición de un número de mujeres desafortunadas que se pasean cada noche. Sólo puedo concluir que son tales, ya que ninguna mujer respetable buscaría aire fresco a tan altas horas de la noche. Sin embargo, nunca se acercan a la casa, ni causan problemas, así que tal vez mis preocupaciones no tengan importancia.

Ciertamente no he sentido la necesidad de informar a la señorita Jenkins del asunto, y desearía encarecidamente mantenerlo así.

***17 de junio de 1882 - Noche***

Me acaba de despertar alguien corriendo por el pasillo. Al investigar para ver quién era, no encontré a nadie y decidí que había sido mi imaginación. Sin embargo, no puedo dejar de sentir que algo anda mal. No habría pensado que un ladrón fuera tan ruidoso, ni que tuviera la oportunidad de entrar, ya que el mayordomo mantiene todas las puertas y ventanas bajo llave, y tiene una habitación situada de tal manera que el menor ruido lo despertaría.

***18 de junio de 1882***

Debido a mi sueño interrumpido por la noche, me encuentro algo cansado esta mañana. Le pregunté a la señorita Jenkins, que tiene su habitación al lado de la mía, si había oído algún alboroto, pero me informó que no y de hecho parecía mucho más descansada que yo.

Mientras desayunábamos, los demás miembros de nuestra compañía fueron apareciendo poco a poco, pero tampoco habían oído nada. Tal vez todo había sido producto de mi imaginación.

Voy a apartar el asunto de mi mente, porque tengo una conferencia esta noche y debo hacer los preparativos. La señorita Jenkins ha sido invitada a almorzar, así que estoy libre para ocuparme de mi lectura y presentación.

***20 de junio de 1882 - Mañana***

Me temo que estoy perdiendo el sentido, pues ya son tres noches seguidas en las que me han molestado, y sin embargo nadie más ha escuchado un sonido. Me resulta muy tentador consultar al Dr. Haversmith sobre el asunto, pero soy algo reacio a admitir que estoy oyendo cosas. Tal vez escriba al Dr. Ravenhill en su lugar; de alguna manera, siento que cualquier diagnóstico de él puede ser más fácil de aceptar.

***20 de junio de 1882 - Medianoche***

De nuevo, oigo el sonido de pasos pesados junto a mi puerta, aunque esta vez me niego a mirar. Ya sea mi imaginación o una broma cruel, estoy cansado de ello. Tengo que dormir y recuperar al menos un poco de sentido de sí mismo.

***21 de junio de 1882***

Los acontecimientos de este día han sido tales que es un milagro que no esté tan sacudido como para perder el uso de la mano. Una vez más, me encuentro en la celda de la policía local, aunque esta vez no se trata de un simple caso de agresión.

De alguna manera, me encuentro acusado de asesinato, y de un asesinato muy sucio.

Esta mañana me había despertado con el sonido del pánico en toda la casa y, al abrir la puerta para ver qué era la conmoción, me encontré con una forma delgada y flácida ante mí, con sangre en la alfombra y las paredes.

Reconozco que al principio me quedé helado, pensando que aquella delicada figura femenina sólo podía ser la de la señorita Jenkins, pero luego me fijé en la suciedad de la cara y las manos de la pobre mujer, y en el estado andrajoso de su atuendo. No, era una de las desgraciadas que había visto deambulando a altas horas de la noche por la ciudad. Sin embargo, ¿cómo había acabado dentro, y además asesinada tan brutalmente?

La señorita Jenkins salió entonces de su habitación y, al ver el espectáculo que tenía ante mí, gritó más fuerte de lo que yo creía posible, alertando al resto de la casa.

"¡Dios mío!", exclamó el señor Silverston, también al ver la escena. "Sabíamos que alguien había entrado, ¿pero esto? ¿Qué demonios ha pasado?"

Les conté todo lo que había oído durante la noche, pero que no había visto nada.

"¿Sabemos quién es?", preguntó el señor Stonefair.

"Sí", respondí. "Era una dama de la noche. Solía verla desde mi ventana durante mis horas de estudio".

"¿Una dama de la noche?", dijo la señorita Jenkins. "¿Quiere decir que...?"

"Debe estar equivocado, señor", dijo el señor Silverston. "No tenemos esas mujeres por aquí".

Decidí no discutir, viendo que sólo intensificaría la situación. "Debemos contactar con la policía. Seguramente resolverán este misterio", dije, mis palabras sonaban más seguras que los pensamientos en mi mente.

Sin embargo, después de llegar y de habernos interrogado a todos, el agente y el detective (éste mayor y con una mirada de comprensión que su homólogo de Norwich nunca podría tener) me llevaron para interrogarme.

"Profesor, aunque no me lo puedo imaginar, hemos recibido una notificación de una comisaría de Norwich de que un hombre que encaja con su nombre y descripción ha cometido recientemente un crimen y puede intentar hacer lo mismo aquí. El detective de allí se mostró muy firme al respecto y, dadas las circunstancias, no me queda más remedio que detenerle".

Pude ver que el hombre estaba muy molesto por tener que hacerlo, pero me enfureció igualmente. Maldije en voz baja al detective de Norwich. ¿Por qué no podía entender ese hombre que yo no había hecho nada malo?

Me interrogaron durante una hora completa, pero consideraron que mis respuestas no eran concluyentes y decidieron retenerme durante toda la noche mientras se lleva a cabo la investigación.

***22 de junio de 1882***

Como era de esperar, debido a la falta de pruebas, me liberaron y me permitieron volver a la Casa Heathshield. A mi llegada, encontré la casa todavía agitada por la actividad y fui sometido a más interrogatorios por parte de todos, todos menos la señorita Jenkins, que no estaba a la vista.

Presentando mis excusas y prometiendo contar todo lo sucedido más tarde, fui a su habitación para ver si estaba allí. Al pasar por mi propia habitación, me di cuenta de que se había hecho un esfuerzo por quitar las manchas de sangre de la alfombra, pero quedaba una gran cantidad. Espero que la quiten rápidamente, porque no me apetece mucho pasar por encima de ella cada mañana.

Llamé a la puerta de la señorita Jenkins y ella respondió desde dentro, concediéndome la entrada.

"¡Marcellus!" Dijo ella, y su atrevimiento me sorprendió un poco. "Me preocupaba de verdad que esta vez te acusaran".

"Gracias por su preocupación, señorita Jenkins. Me alegra mucho el corazón, pero no debe preocuparse, no había pruebas contra mí. No tenían otra opción que liberarme".

Entonces sonrió, se levantó de su asiento en el escritorio y se acercó a mí. "Me alegro", dijo, tomando mi mano.

"Señorita Jenkins, no creo que eso sea apropiado", declaré, pero mi voz vaciló cuando su mirada se endureció.

"Marcellus, te conozco desde hace tiempo. Por favor, no seamos siempre tan formales el uno con el otro". Su mirada se suavizó y sentí que se me humedecían ligeramente las palmas de las manos y se me secaba la garganta.

"Muy bien, entonces... Kathleen", dije, y me encontré abrazándola. Ella me dejó hacerlo por un momento, pero luego se separó.

"Bueno, entonces", dijo ella, con un ligero rubor en sus mejillas. "¿Qué vamos a hacer?"

"¿Hacer? Me temo que no te entiendo".

"¿No tienes curiosidad por saber cómo el cuerpo de una mujer extraña ha acabado ante tu puerta?"

Reconozco que no me esperaba una pregunta así y me quedé mudo por un momento. "Supongo que tengo curiosidad, sí".

"Entonces tendremos que averiguar qué ha pasado. Háblame otra vez de esos ruidos que has estado oyendo por la noche".

Lo hice y ella me escuchó atentamente. "Admito que no nos da mucho para indagar", dijo después. "Pero tal vez podamos hablar con el mayordomo y escuchar su opinión sobre el asunto. Busquémoslo esta noche, después de la cena".

Así comienza nuestra curiosa investigación.

***23 de junio de 1882***

La conversación que mantuvimos anoche con el mayordomo, el señor Jessops, fue de lo más interesante y reveló que es un hombre de lo más dependiente y vigoroso.

Hablamos largo y tendido de su rutina nocturna, que era mucho más estricta de lo que yo hubiera imaginado. En cuanto todos los ocupantes se han retirado por la noche, el señor Jessops cierra la puerta principal y todas las puertas laterales, así como todas las ventanas, aparte de las de la habitación de cada uno. A continuación, instala una serie de cables, cada uno de ellos conectado a una de las ventanas o puertas, todos ellos fijados a timbres en su habitación que, cuando se activan, le permiten saber que alguien está intentando entrar y en qué lugar.

Debo decir que un sistema de alarma de este tipo suena de lo más eficiente y le aconsejé al señor Jessops que lo presentara en una convención de inventos, aunque rápidamente apartó la idea de su mente, diciendo que no tenía ambiciones de hacerlo.

Además, sus preparativos no terminan ahí, ya que dijo que se despierta tres veces cada noche para patrullar los pasillos, aunque esa noche en particular cayó bastante enfermo y tuvo que pedirle al señor Silverston que asumiera la tarea por él.

"Así que", dijo Kathleen. (¡Oh, qué extraño es llamarla por su nombre de pila!) "¿Fue el señor Silverston quien patrulló aquella noche?"

"Sí, señora, lo fue. Sin embargo, no me cabe duda de que cumplió el deber tan bien, si no mejor, que yo", respondió él.

"Tengo que preguntar", dije. "¿Qué puede decirnos de las mujeres que he visto desde mi ventana durante la noche?"

"Bueno, profesor, su impresión sobre ellas fue correcta la primera vez. Eran unas desgraciadas, y ciertamente desfavorables para cualquier persona decente. El señor Silverston ha intentado muchas veces que la policía las elimine, pero como nunca las han pillado en el, ah, *acto...*", explicó, tosiendo delicadamente mientras miraba a Kathleen.

"No hay necesidad de ser cortés, señor Jessops. Sé muy bien qué clase de cosas ocurren con esas mujeres. Aun así, si el señor Silverston sabe de quiénes se trataba, ¿por qué negó tan claramente que hubiera personas así cerca de aquí cuando encontramos el cadáver?" Dijo Kathleen.

El señor Jessops se encogió de hombros, un movimiento de lo más extraño para un hombre de tanta disciplina. "Sólo puedo suponer que ahora le resulta más fácil negar la situación que reconocerla".

Nos había dicho todo lo que sabía, así que sólo podíamos dejarle con sus deberes y especular sobre el asunto nosotros mismos.

Kathleen sugirió que preguntáramos al Dr. Haversmith si podía conseguir los detalles de la autopsia para poder armar mejor el rompecabezas. Creo que es una buena idea, aunque no sé si él conoce esa información.

Al final, se decidió que yo hablara con él a solas mientras Kathleen hablaba con el señor Silverston sobre el hecho de hacerse cargo de la patrulla del señor Jessops esa noche.

Ahora que he tenido tiempo de considerar el asunto adecuadamente, me pregunto si nadie teme tener un asesino entre nosotros. Después de todo, independientemente de quién fuera la mujer, fue asesinada aquí. Habría sido difícil que ella entrara sin ser notada, y más aún que también entrara su asesino.

***26 de junio de 1882***

Kathleen aún no ha hablado con el señor Silverston, ya que parece haber estado inusualmente ocupado estos últimos días. Incluso a la hora de comer, es el último en llegar y el primero en irse. Debo preguntarme si nos está evitando a todos, pero, por supuesto, la prensa lo ha estado cuestionando más ferozmente últimamente.

Tuve mucho más éxito con el Dr. Haversmith y, para mi alegría, me dijo que su buena reputación en el campo de la medicina le había permitido conseguir el informe del forense. Aparte de los detalles poco delicados de sus heridas, la mujer estaba embarazada. El forense también había encontrado un pañuelo bordado con las letras E.S., aunque no se sabe si las iniciales eran de ella o de otra persona.

***27 de junio de 1882***

Kathleen y yo estuvimos discutiendo el asunto en detalle y, apenas mencioné el pañuelo, ella preguntó qué tan bien hecho estaba. Al principio pensé que era sólo su curiosidad de mujer, pero insistió y fuimos a hablar de nuevo con el Dr. Haversmith para ver si tenía ese detalle. Para mi gran sorpresa, sí lo tenía y se descubrió que el pañuelo había sido confeccionado con seda bordada, algo que, como señaló Kathleen, a una mujer de tal categoría le habría resultado difícil de conseguir.

"Entonces, sólo podemos suponer que se lo regaló otra persona, una persona con las iniciales E.S. y con una posición social bastante elevada. Tal vez el propietario de una empresa de placas secas", dijo ella, muy seria.

Admito que las iniciales de E.S. coinciden con las del señor Silverston, pero su franqueza seguía siendo un shock. "Pero Kathleen, ¿qué querría el señor Silverston con una mujer así?" Le pregunté desconcertado.

"Hubiera pensado que la respuesta a eso era muy obvia, Marcellus. Yo diría que el niño es suyo".

"Oh, vamos, Kathleen. Con una mujer de su profesión, el niño podría haber sido de cualquiera", dije.

"Sí, pero me temo que el pañuelo y el hecho mismo de que

usted dijera que la veía cerca de esta casa todas las noches me llevan a creer que, aunque el niño no fuera realmente suyo, la mujer estaba convencida de que lo era", explicó ella. "Tal vez trató de convencerlo de que se casara con ella, o al menos de que se ocupara del futuro del niño. Cualquiera que sea la razón, el señor Silverston claramente no podía aceptarla".

"¿Realmente crees que pudo haberlo hecho? ¿Y de forma tan horrible?"

"Sí. Creo que si arrinconas a un hombre, hará casi cualquier cosa para escapar. Recuerda, Marcellus, que mi padre es obispo. Cuando era niña, ayudaba a limpiar la iglesia, y había veces que, estando cerca del confesionario, escuchaba todo tipo de cosas, algunas no tan lejanas a esto".

"Pero, ¿por qué matarla delante de mi puerta? ¿Y a qué se debieron los ruidos durante la noche?" Pregunté, aún desconcertado por todo aquello, pero asombrado por su capacidad de deducción.

"A eso no tengo respuesta. Debemos hablar con él de inmediato".

Para nuestro disgusto, descubrimos que el señor Silverston estaba de excursión y no había revelado el lugar a nadie. Ahora todo lo que podemos hacer es esperar su regreso.

***28 de junio de 1882***

Kathleen y yo acorralamos al señor Silverston después de desayunar esta mañana. Estábamos decididos a no dejar que se nos escapara y, cuando se dirigió a su habitación para recoger su maletín y su chaqueta, lo seguimos y nos reunimos con él allí.

"Señor Silverston, ¿podemos tener un momento?", pregunté, pero Kathleen me interrumpió.

"Edgar Silverston", dijo ella. "Sus iniciales serían E.S., ¿no es así? Se encontró un pañuelo con esas mismas iniciales en el cuerpo de la mujer que fue asesinada aquí".

Sus ojos se encontraron con los de él y noté que su rostro palidecía considerablemente. Sin embargo, se recuperó con bastante rapidez y, de no haber estado atento, me lo habría perdido.

"Mi querida señorita Jenkins", dijo él, con tristeza. "Me temo que no tengo ni idea de lo que está hablando. ¿Está tratando de decir que de alguna manera esta mujer poseía uno de mis pañuelos?"

"Sí, señor. Además, creo que se lo regaló como muestra de afecto", respondió ella.

"Mi buena mujer, ¡qué imaginación tan fantástica tiene usted! Dígame, ¿tiene pruebas que apoyen esta idea tan *descabellada*?". Su respuesta fue tan petulante que me convenció de que Kathleen tenía razón en su pensamiento.

"Tenemos pruebas de que estaba embarazada, señor Silverston. Ahora también tenemos pruebas de que usted posee varios pañuelos de seda con las iniciales E. S. que, según la descripción, coinciden con el que estaba en posesión de la mujer", expliqué tras un rápido asentimiento de Kathleen que, en su brillantez mientras la atención del señor Silverston estaba en mí, había abierto discretamente el cajón que contenía dichos pañuelos (cuyo conocimiento procedía de su observación del señor Jessops mientras guardaba la ropa sucia de su amo ayer por la tarde).

El señor Silverston la vio y su cara se puso roja y bruta. "¡Mujerzuela entrometida! ¿Cómo te atreves a acusarme de asociarme con esa fulana?" Le espetó, y comenzó a avanzar hacia ella, pero antes de que yo tuviera tiempo de impedirle el paso por temor a su seguridad, la puerta se abrió de golpe y el señor Jessops se plantó allí, con una cara de asco.

"Es suficiente, señor", dijo al señor Silverston, abandonando toda cortesía en el calor de su ira. "Acabo de ponerme en contacto con la policía, que me ha informado de que se pondrá en marcha inmediatamente. Vienen a ponerlo bajo arresto".

"¡Jessops, tonto! ¿No me diga que usted, mi propio mayordomo, está convencido de la farsa que esta mujer y el profesor han urdido juntos para incriminarme?" Exigió el señor Silverston.

"Señor, le conozco desde hace más de diez años. Nunca se enfurecería tanto ante tales acusaciones si no tuvieran una pizca de verdad, y sin embargo aquí está, a punto de levantar la mano para golpear a una dama. Esa es toda la prueba que necesito para saber que sus acusaciones son justas", dijo el señor Jessops, con voz dura.

El detective y dos agentes llegaron poco más tarde, después de que el señor Jessops acompañara al señor Silverston a la planta baja y lo vigilara para asegurarse de que no intentara salir del local.

Los agentes se ocuparon del señor Silverston mientras el

detective tomaba una breve declaración a Kathleen, al señor Jessops y a mí. Cuando estuvo satisfecho, él y los agentes se fueron con el señor Silverston a la comisaría.

Después, el Sr. Jessops nos sirvió amablemente a Kathleen y a mí té y bollos para ayudar a calmar nuestros nervios. Le invitamos a sentarse con nosotros y, con agradecimiento, así lo hizo. Fue entonces cuando Kathleen y yo nos enteramos de que había estado escuchando nuestra conversación con el señor Silverston y, en cuanto oyó las iniciales del pañuelo, adivinó lo que había sucedido al igual que nosotros e inmediatamente envió un cable a la policía.

Ahora debemos esperar el resultado, pero en mi mente, no tengo ninguna duda de su culpabilidad. Admito que me pregunto cuáles son los planes del señor Jessops si el señor Silverston *es* condenado, ya que su papel como mayordomo en la Casa Heathshield seguramente llegará a su fin. Aun así, un hombre tan capaz como él no debería tener problemas para conseguir otro puesto; al menos, esa es mi esperanza.

***29 de junio de 1882***

El detective nos visitó a última hora de la mañana y dijo que, tras un enérgico interrogatorio, el señor Silverston había confesado. Había sido cliente de la mujer durante algunos años, pero se había encontrado algo apegado a ella. Sin embargo, como Kathleen había supuesto, ella había creído firmemente que el niño era suyo y, temiendo que sus palabras fueran ciertas, eso era algo que él no podía afrontar. Habría manchado su nombre y su reputación, algo que no podía permitirse.

Había planeado el acto semanas antes y, esa noche, había

drogado al señor Jessops con la intención de sustituir al mayordomo en la patrulla nocturna de los pasillos. Una vez que la casa estaba dormida, había desmontado las campanas de alarma y la había dejado entrar, tras lo cual la golpeó hasta dejarla inconsciente y luego la asesinó frente a mi puerta.

Nuestra compañía estaba conmocionada, al no conocer los sucesos de los últimos días, pero Kathleen, el señor Jessops y yo sentimos alivio al ver que el caso se había resuelto y que se conocía al asesino, aunque sigue siendo difícil pensar que un hombre tan prometedor y de tanta categoría pueda caer tan bajo.

"¿Qué hay de esos ruidos que escuché durante la noche?", dije. "¿Habló de ellos?".

"Lo hizo, señor, sí. Era su plan para implicarlo a usted como el autor, ya que usted es un extraño aquí y por lo tanto el más sospechoso. Su reciente participación en la policía también ayudó a consolidar su plan, creo. Los ruidos fueron su intento de hacerle creer que estaba perdiendo el sentido para manchar aún más su credibilidad. Sin embargo, no contaba con que uno de mis agentes leyera su diario y supiera así que usted era un hombre en su sano juicio".

"¿Usted leyó mi diario?" Pregunté, asombrado.

"Lo hice", dijo. "Debo admitir que ha tenido una mala suerte, señor. Espero que sus futuros viajes transcurran sin incidentes".

"Detective", dije, sintiéndome repentinamente cansado. "No creo que mis viajes continúen después de esto. Parece que una vida aventurera no es para mí. No, volveré a casa, a Cambridge, y seguiré dando clases de geología".

Para mi sorpresa, Kathleen se levantó al oír esto. "Marcellus, no puedes hablar en serio. Prometiste viajar conmigo, dando conferencias sobre las teorías de Darwin. No puedo permitir que lo rompas simplemente por una pequeña desgracia".

Habló con tanta pasión que me sentí realmente avergonzado de mí mismo. Si ella tiene el valor de seguir a mi lado, ¿cómo podría negarme?

***24 de septiembre de 1896***

*Querido tío,*

*No puedo expresar lo fascinantes que fueron las páginas que me enviaste. Ahora está claro lo que mi padre siempre me ha dicho sobre los errores: que lo que importa es lo que hacemos después, más que el propio error. Si el señor Silverston se hubiera responsabilizado de esa desafortunada mujer, se habría salvado su vida y toda la situación habría sido diferente. Por desgracia, parece que no todo el mundo toma las decisiones correctas en la vida.*

*También creo que entiendo mucho mejor por qué eres siempre tan obediente a los deseos de la tía Kathleen, aunque veo que tu confianza en ti mismo no ha mejorado mucho con los años.*

*Mi madre y yo esperamos visitarlos cerca de Navidad.*

*Hasta entonces,*
*Thomas*

## Vuelo en la Oscuridad

MYO MIRÓ A SU HERMANO, Tis, mientras estaban colgados boca abajo en el hueco de su árbol. Tis estaba solemne, inmóvil, como si no tuviera otra preocupación que respirar.

Pero Myo estaba inquieto. Podía saborear el cambio en el aire; el sol se estaba poniendo y pronto saldrían volando, a través del follaje hasta el lago, donde se darían un festín de moscas y mosquitos durante la mayor parte de la noche.

Movió los pies, haciendo que su cabeza se balanceara en el aire. El hambre le corroía; ya podía oler los insectos que volaban por ahí. Sin embargo, cazar antes de que oscureciera de verdad era peligroso. Así fue como su madre había perdido la vida cuando ellos eran apenas unos bebés.

En un momento había estado persiguiendo a una presa utilizando su eco, y al siguiente, un pájaro rápido y afilado, se abalanzó sobre ella y la arrebató para no volver a verla.

Afortunadamente, sus primos se posaron con ellos y criaron a los hermanos desde entonces. Aprendieron a volar y a cazar en grupo, y así lo hicieron desde entonces.

El estómago de Myo gruñó. "No puedo aguantar más, hermano", se quejó.

"Tranquilo". Debemos esperar la llamada como siempre. No tardará mucho", respondió Tis, con agitación en su voz.

Myo se enfadó en silencio. Tis siempre había sido su jefe, un efecto secundario de ser cinco segundos mayor. Sin embargo, Myo seguía siendo el más rápido, así que pensó que eso debería haber equilibrado las cosas.

Una vibración cortó el aire, intensa y generalizada. Esa era la señal. Ahora podían volar.

Al desplegar sus grandes y correosas alas, se soltaron del árbol y salieron disparados del hueco, planeando en el aire. Myo atrapó un insecto antes de que su cuerpo saliera por completo del alcance del árbol; se lo tragó entero, sonriendo con satisfacción.

"No vayas volando por tu cuenta, Myo", advirtió Tis antes de que Myo pudiera distraerse con más presas. "Tenemos que reunirnos con los demás para cazar juntos en el lago".

Myo puso los ojos en blanco, pero hizo lo que le dijeron.

Un momento después, él y Tis se unieron al grupo y como una gran masa de alas negras se adentraron en la noche, sincronizando sus llamadas para poder localizar a todos los insectos de la zona.

Sólo había un problema, uno con el que nunca se habían encontrado. No había insectos. Al menos, no los suficientes para que todos se alimentaran.

Confundidos, la formación comenzó a disolverse. Tis tomó el mando y les pidió que siguieran adelante hasta llegar al lago. ¿Quizás los insectos estaban al acecho en la superficie del agua?

El grupo respondió a su llamada y volvió a reagruparse, pero cuando llegaron al lago no les fue mejor. Para su consternación, el nivel del agua había bajado y, en su lugar, la ceniza y la tierra lo llenaban. Albergaba incluso menos insectos que el resto del bosque. No tenía sentido. Sólo la noche anterior, el lago había estado lleno, y el aire, repleto de polillas, moscas y escarabajos con los que el grupo se había dado un festín en el que sobraron cientos.

"Esto no es bueno. No podemos cazar así", dijo Tis, volviéndose hacia Myo. Pero Myo no estaba allí. Tis miró hacia arriba y sintió las corrientes de aire de las alas de Myo mientras el murciélago más joven volaba cada vez más alto. "Myo, ¿a dónde crees que vas?"

Maldiciendo, Tis voló detrás de él, yendo en contra de sus instintos y separándose del grupo. Cuando atravesaron el dosel del bosque, Tis se detuvo.

Ante él, extendidos por el paisaje, no estaban los kilómetros de árboles que había esperado ver a la luz de la luna, sino una tierra plana y gris.

No pudo ver ninguna otra criatura volando, ni sentirla cuando envió sus llamadas de localización. No había llamadas, ni olores, ni siquiera el aroma fresco de la tierra y la savia de los árboles que suele llenar la zona en las noches calurosas y pegajosas.

No había nada. La tierra estaba muerta.

"¿Qué ha pasado aquí, Tis?" Preguntó Myo, acercándose en picada a su hermano. Aterrizaron en la copa del árbol más cercano, mirando hacia el páramo.

Tis no pudo responder, la conmoción se había apoderado de él por completo. Myo se sentó a su lado en silencio, esperando. Finalmente, se dio por vencido y bajó volando entre los árboles para encontrar al grupo.

Los encontró en el caos. Su formación estaba completamente rota y el pánico ciego se había apoderado de ellos. Estaban tan desesperados por encontrar comida que revoloteaban de un lado a otro en todas las direcciones posibles, chillando ansiosamente. El ruido era abrumador.

Myo se agarró a un árbol cercano, pensando qué hacer. Podía intentar ordenarlos, pero no tenía la autoridad en su llamada que tenía Tis. En su estado, le sería imposible calmarlos.

Nerviosamente, ajustó su enfoque lejos de sus compañeros. A pesar de que no había señales de vida en la zona que él y Tis habían contemplado, todavía había mucha cerca del lago. Se arrimó al gran tronco del árbol, fundiéndose con el musgo que crecía en él.

Se oyó un crujido por encima de él y, antes de que pudiera lanzar una advertencia, un búho diez veces mayor que él se abalanzó sobre la escena y atrapó a uno de sus primos en el aire. Otros búhos siguieron su ejemplo, ya que la confusión de los murciélagos les facilitaba la comida.

El horror y la vergüenza se apoderaron de Myo al ver cómo sus amigos y familiares eran tomados uno a uno. Pero, ¿qué podía hacer él, el murciélago que todos consideraban idiota, para intentar salvarlos?

En el estado en que se encontraban, dudaba que Tis pudiera siquiera obligarles a obedecer. Así que se mantuvo oculto, agitándose entre las hojas, esperando que Tis permaneciera a salvo por encima de la copa hasta que todo hubiese terminado.

---

Tis llamó a Myo desesperadamente. No pudo encontrar ningún rastro del grupo, era como si todos hubieran desaparecido en algún lugar.

Una llamada apagada sonó de vuelta, y Tis se volvió para ver a Myo arrastrándose del musgo de un árbol.

"¡Tis!" gritó Myo, volando hacia él. ¿Estás bien? ¿No estás herido?

"¿Herido? ¿Por qué iba a estar herido?" Preguntó Tis, preocupado por la mirada desesperada de su hermano.

"Cuando volé de vuelta aquí, el grupo era un desastre. Estaban volando fuera de la formación y yendo a todas partes. Luego ellos vinieron, cayendo en picada sobre todos. Nadie tenía ninguna posibilidad. Se llevaron a todo el mundo", sollozó Myo.

"¿Quiénes son *ellos*?" Preguntó Tis, aunque en su corazón lo sabía. "¿Los que se llevaron a mamá?"

Myo sólo asintió como respuesta. Tis sintió que la fuerza abandonaba sus alas y tuvo que agarrarse a una rama cercana para apoyarse. ¿Toda su familia, aparte de Myo, había sido aniquilada en tan sólo unos instantes? ¿Cómo era posible?

El chasquido de la madera seca de un árbol muerto rompió la calma de la noche.

"Myo, tenemos que salir de aquí", dijo Tis en voz baja. Podía sentir los ojos sobre ellos, esperando para atacar.

Otra rama se rompió. Se miraron el uno al otro, percibiendo ambos la formación de un plan mutuo. Se acercaron al otro lado del árbol y, en cuanto llegaron, emprendieron el vuelo, zigzagueando entre los árboles. Tis iba en cabeza, guiando a Myo mientras éste captaba las alas de un gran pájaro detrás de ellos.

El sonido se hizo más cercano y los árboles se volvieron densos, dificultando la navegación.

Tis no tenía elección. "¡Myo, tenemos que subir!"

Sin esperar una respuesta, Tis se inclinó bruscamente, elevándose y saliendo de nuevo por encima del dosel.

Se oyó un chillido detrás de él, pero cuando se giró, lo único que vio fue a Myo atravesando las copas de los árboles.

"Lo hicimos", dijo Myo sin aliento. Esa cosa no pudo atravesar el dosel, las hojas son demasiado gruesas".

Los fuertes golpes resonaron debajo de ellos. "No creo que debamos esperar. Esa cosa es mucho más poderosa que nosotros; no se sabe cuándo se abrirá paso", declaró Tis.

Siguieron volando, sin mirar atrás, hasta que empezó a salir el sol. Para entonces, habían viajado más lejos que nunca y estaban en territorio desconocido.

Justo cuando los primeros rayos de sol los alcanzaron, se

sumergieron de nuevo bajo el dosel y se aferraron a una enredadera nudosa y leñosa. "Tendremos que descansar aquí por ahora", dijo Tis, agradecido de poder finalmente plegar sus alas. "Al anochecer, buscaremos un lugar adecuado para posarnos. Un lugar seguro".

Myo apenas pudo asentir; en unos instantes, se quedó dormido.

Lo siguiente que supo fue que Tis le estaba sacudiendo para que se despertara. Abrió los ojos y se quedó helado. Un rostro verde y escamoso le miraba fijamente, moviendo una lengua bífida hacia dentro y hacia fuera. "¿Qué es?", le susurró a Tis.

Tis tragó. "Una serpiente".

"¿Y las serpientes...? ¿Comen murciélagos? Preguntó Myo, temblando mientras la cosa se deslizaba más cerca.

"¡Sí, vuela!" Gritó Tis, lanzándose desde la enredadera y agarrando a Myo con sus huesudos pies. La serpiente golpeó mientras lo hacían, fallando a Myo por escasos centímetros.

Durante los primeros instantes, cayeron, incapaces de elevarse, pero entonces las alas de Tis volvieron a cobrar vida y las abrió por completo, atrapando el aire. Myo soltó sus propias alas y se alejaron, casi chocando el uno con el otro cuando el sol les llamó la atención.

Volaron durante el resto del día, deteniéndose a descansar sólo unos minutos cada vez, buscando un lugar para posarse que estuviera libre de aves de rapiña *y* serpientes.

Cuando el sol comenzó a ocultarse, sólo habían encontrado un árbol en el que podían posarse y, aún más agotados que antes, se arrastraron dentro de su pequeño hueco.

---

"¡Oye!"

Tis y Myo abrieron los ojos. Otro murciélago colgaba a

centímetros de distancia. Era el doble de grande que ellos y tenía la nariz alargada. "¿Qué están haciendo ustedes dos mocosos en mi árbol?" Les preguntó con sorna.

Tis tragó, pero Myo habló primero. "¿Tu árbol? ¿Qué hace que sea tuyo?" Preguntó. "Lo encontramos vacío. Si es tuyo, ¿por qué no estabas en él?"

"¡Qué desfachatez!", balbuceó el murciélago. "Estaba cazando, idiota. Ahora, vete para que pueda descansar un poco".

"No", comenzó Myo, pero Tis intervino.

"Lo que mi hermano quiso decir, señor, es que hace poco perdimos a nuestra familia y nuestro hogar, y ahora no tenemos adónde ir. Por favor, déjenos descansar aquí unas horas para poder recuperar nuestras fuerzas".

El murciélago le miró fijamente. "Está bien, pero *sólo* por unas horas. Después de eso, deben irse".

"Gracias, señor", dijo Tis respetuosamente, sujetando su ala sobre Myo para que no pudiera decir nada.

El murciélago quiso darles la espalda, pero se detuvo. "Si realmente estáis en problemas como dicen... Entonces sé dónde podrían encontrar a otros de su especie", murmuró.

"¿De verdad?" Preguntó Myo, apartando el ala de Tis. "¿Dónde?"

"Estás lleno de preguntas, ¿no? Déjame en paz por un tiempo y podría considerar mostrártelo. Ve a dormir".

Myo hizo un mohín, pero no se enfrentó más al viejo murciélago.

---

Unas horas más tarde, el viejo murciélago los despertó con un gruñido. "¿Vienen ustedes dos?" Preguntó y, sin esperar, emprendió el vuelo.

Todavía cansados, Myo y Tis le siguieron mientras él

corría por el aire, atrapando de vez en cuando un insecto y tragándoselo con deleite.

Los hermanos hicieron lo mismo, deleitándose con la cantidad de insectos que pululaban en la noche.

La muerte que se había arrastrado en el bosque donde solían vivir obviamente no se había aventurado aquí.

Después de una corta distancia, atravesaron un espeso arbusto, y al otro lado había una colección de murciélagos cazando en equipo. Tis y Myo lloraron al verlos. Uno de los integrantes del grupo se acercó volando para inspeccionarlos.

"Booga, ¿qué te trae por estos lugares?" Preguntó, dirigiéndose al viejo murciélago.

"Estos dos mocosos son supervivientes de un ataque de depredadores a su grupo. Son los únicos que sobrevivieron, y ahora no tienen familia ni un lugar donde dormir", contestó Booga, con cierta amabilidad.

"Ya veo. En ese caso, chicos, ¿cómo se llaman?" Preguntó.

"Soy Tis, y este es mi hermano, Myo", respondió Tis.

"Ya veo. Me llamo Hea, y lidero este grupo. Díganme, ¿Son buenos en la caza dentro de un equipo?"

"Por supuesto que lo somos", respondió Myo, con su arrogancia clara en la voz.

Hea sonrió. "En ese caso, les damos la bienvenida. Vengan a cazar con nosotros y les encontraremos un refugio". Se volvió hacia Booga, que estaba a punto de irse. "Gracias por traerlos hasta nosotros. Espero que sepas que eres bienvenido a unirte a nosotros también, si lo deseas".

"Tonterías, no necesito que un grupo me ayude a cazar. Estoy bien por mi cuenta. Además, somos dos especies diferentes".

Salió volando, de vuelta a los arbustos. Hea suspiró. "Ese murciélago nunca aprende".

"¿Qué quieres decir?" le preguntó Tis, curioso.

"Él también perdió a su familia, por una amenaza mucho

mayor que los depredadores normales a los que nos enfrentamos. Buscó durante muchos años a otros de su especie, pero ahora es el único que queda. De todos modos, basta de hablar, tenemos trabajo que hacer", dijo, y los condujo hacia el grupo para conocer a su nueva familia.

## Optimista

EL SOL SE ESTÁ PONIENDO, extendiendo el oro sobre las paredes de la habitación. Me levanto del taburete que hay junto a mi escritorio y me dirijo a la ventana, mirando el terreno que hay debajo.

Los veo fuera, disfrutando de un juego de pelota, con mi marido vigilando atentamente. Son tan jóvenes, tan llenos de vida.

El reloj marca las seis, señalando la necesidad de vestirme para la cena. Elijo el vestido de terciopelo verde; su peso me hace sentir fuerte y el movimiento que tiene al caminar ondula la feminidad.

Mientras desciendo las escaleras, un temblor me recorre, debilitando mi agarre a la barandilla y haciendo que las náuseas aumenten tan rápidamente que no tengo más remedio que hacer una pausa. Me calmo como he hecho muchas veces antes; no puedo parecer frágil delante de ellos. No debo hacerlo.

Cuando entro al comedor los encuentro a todos sentados y esperando, mis hijas con idénticos vestidos amarillos, y mi marido con su habitual chaqueta de comedor.

"Mamá, llegas tarde", dice Liza cuando me siento. Es

cierto, el reloj marca las seis y treinta y cinco. La cena es estrictamente a las seis y media. Nunca había llegado tarde.

"Lo siento, queridos, pero lo he pasado *fatal* para sujetar mi pelo. *No* se me quedaba", digo dramáticamente, llevándome el dorso de la mano a la frente. Las dos se ríen. Espero que no se enfaden conmigo.

"Nunca podríamos estar enfadadas contigo, madre", dice Freya.

Sonrío cálidamente, pero noto la arruga en la frente de mi marido. Entiende perfectamente por qué he llegado tarde.

"Bueno, ahora que estamos todos aquí, ¿te importaría traer el primer plato, Henry?" Le pregunta a nuestro mayordomo. Henry sale corriendo a buscar un delicioso entrante de camarones en una delicada salsa.

Saboreo cada bocado.

Cuando termina la comida, llevo a las niñas a la cama y me reúno con mi marido en los jardines. Caminamos juntos, cogidos del brazo, y me deleito con su calor. El aire es especialmente fresco y las estrellas brillan con fuerza. Es una tarde perfecta.

Nos encontramos con una mesa puesta con vino tinto, y él enciende una vela perfumada. Sabe lo mucho que me gustan.

"¿Está listo?" Pregunto.

"Sí", contesta, entregándome un vaso y llenándolo hasta la mitad con el oloroso vino. ¿Estás segura de que quieres?

"Más de lo que puedes saber, mi amor". Me llevo el vaso a los labios y trago, viendo la única lágrima que rueda por su mejilla.

# El Moho en el Tarro de Mermelada

SALLY CONOCÍA EL CAMINO, su memoria no le había fallado. El olor dulce y ligeramente enfermizo de las hojas en descomposición y el polen la acompañaba a cada paso mientras avanzaba por el oscuro sendero del bosque. Detrás de ella, sus hermanas corrían para alcanzarla, sus voces sin aliento mientras le pedían que fuera más despacio, Audrey maldiciendo a todo pulmón con cada frase.

Sally los oía, pero sus pies no obedecieron. Siguieron adelante, pisada tras pisada, como si el mundo entero fuera a dejar de existir si ella se detuviera aunque fuera un momento.

Los bosques eran realmente hermosos en esta época del año. Los había echado de menos. Las ramas colgantes de los robles bajo las que tenía que agacharse, los cardos morados que le llegaban al muslo y, por todas partes, las mariposas.

*Se dice que las mariposas son las almas de los muertos que velan por nosotros.*

Si eso fuera cierto, estarían en un cementerio. Su cementerio, quizás. Tal vez, cuando muriera, se convertiría en una de esas delicadas criaturas que revolotean, contadas por los observadores de la naturaleza y los niños de las escuelas en sus excursiones.

Podría volar con el viento. Viva. Libre. Real.

Apartando un tojo larguirucho, vio un arbusto entero de moras. Gordas, jugosas, perfectas para ser recogidas. Finalmente, se detuvo, el arbusto era una barrera que no podía pasar.

Ya era hora, Sal. Primero nos arrastras hasta aquí y luego nos ignoras como si no estuviéramos aquí", espetó Audrey. Un grillo surgió de las largas hierbas que había a ambos lados y se posó en sus vaqueros. Acabó con su vida con una fuerte bofetada y un chasquido".

"¿Por qué has hecho eso?" Preguntó Sally, mirando el cadáver del grillo en el suelo.

"¿Hacer qué? preguntó Audrey.

Un jadeo vino de detrás de un arbusto, y apareció Rose. "¿Están ustedes dos...? ¿Peleando otra vez?" Ella jadeó.

Los años de fumar no le habían sentado bien, aunque no lo admitiera. Pero las manchas en los dientes, la decoloración del cabello y el olor general superaban cualquier protesta que hubiera podido presentar si Sally se hubiera molestado en señalarlo.

"No", dijo Sally simplemente.

"Bien, entonces. Ahora que nos hemos detenido... Para tomar un respiro, ¿te importaría decirnos por qué estamos aquí?" Preguntó Rose, apoyándose en el grueso tronco de un árbol.

Sally se arrodilló para recoger el grillo muerto, lo ahuecó en sus manos y lo puso debajo de un tronco en descomposición lleno de cochinillas. "¿Sabes dónde estamos?"

"Por supuesto que sí. Este es el bosque donde papá solía venir a dibujar todos los días", dijo Audrey. "¿Y qué hay de eso?"

"Nos trajo aquí el día que murió. Han pasado diez años desde entonces, y hemos estado separados todo el tiempo".

Audrey se cruzó de brazos y suspiró. "No es que tuviéramos elección. Estabas enferma. Tuvimos que dejar que el hospital te llevara".

"Y obviamente funcionó. Mírate ahora", añadió Rose, indicando las débiles cicatrices plateadas que eran todo lo que quedaba de las heridas auto-infligidas de Sally.

Sally levantó el brazo hacia los rayos de sol que se abrían paso entre las copas de los árboles. Las cicatrices hacían que su piel pareciera imbuida de las mismas tiras metálicas de los billetes de banco. Estiró la piel, distorsionándola, jugando con ella.

Audrey se inclinó y chasqueó los dedos junto a las orejas de Sally. "¡Oye!"

Sally se sobresaltó. "¿Por qué nunca viniste a verme allí?" Preguntó en voz baja.

Rose se encogió de hombros. "Mamá nos dijo que no lo hiciéramos. Dijo que interferiría con tu tratamiento. Eso, y que nunca superamos que intentaras incendiar la casa".

"Sí, descubrir que tu hermana quiere asesinarte no inspira precisamente confianza", dijo Audrey, quitando la hojarasca de sus botas de charol.

A Sally se le puso la piel de gallina. La temperatura había bajado. Le gustaba la sensación de frío que le llegaba.

"No intentaba hacerles daño, sino protegerlas", les dijo. "Vi un monstruo fuera de nuestra habitación, así que puse una vela en la alfombra para que no pudiera cruzar el umbral".

"¿Un monstruo? Cielos, Sal, ¿todavía te aferras a esa historia? Todos los monstruos que viste estaban en tu cabeza".

"Lo sé, Audrey. Era una niña. Tenía miedo. Papá no estaba allí para hacer el baile del hombre del saco con nosotras, así que empecé a ver todo tipo de cosas. Me susurraban en la noche, burlándose de mí".

"Dios, esto es una locura", murmuró Audrey, frotándose la cara con la mano. "Sal, no era real. Todo fue sicológico".

"Eso no significa que no fuera real para mí en ese momento". Gritó Sally, molestando a una familia de grajos que anidaban en los árboles que los rodeaban. Levantaron el vuelo, enviando sombras que danzaban por la zona. "Me preguntaron por qué las había traído aquí. Esta es una de las razones. Necesitaba saber si ustedes volverían a hablarme ahora que mamá se ha ido. Necesitaba saber hasta qué punto las había envenenado en mi contra".

Rose se movió de su posición contra el tronco del árbol y cruzó hacia Sally, tomando sus manos. "Mamá hizo cualquier cosa menos envenenarnos contra ti. Sólo reforzó lo que todas sentíamos. Que era mejor para ti estar lejos de nosotras. Siempre supimos que eras la favorita de papá, por eso te afectó tanto cuando se suicidó. Nunca te dio ninguna pista de lo que iba a hacer. Mamá intentó durante años apoyarlo y hacer que buscara ayuda, pero él no quiso. Tú eras la única que no veía cómo él era realmente. Para ti, siempre estaba lleno de vida, lleno de energía y con ganas de irse de aventuras. A la pobre mamá le rompía el corazón que él tuviera tan poca consideración con ella cuando ella había hecho tanto por él".

Sally dio un paso atrás, tirando unas cuantas moras del arbusto. "Te equivocas. Vi las partes de él que intentaba ocultar todo el tiempo. Pero elegí ver todo de él, y eso incluía lo bueno". Tomó aire, apartando los largos mechones de pelo rubio que le caían delante de la cara. "Me dijo lo que estaba planeando. Cuando nos trajo aquí aquella mañana, supe que se suicidaría a las siete de la noche".

Audrey y Rose la miraron fijamente. "¿Qué?" Preguntó Audrey, con la voz quebrada. "¿Por qué no dijiste nada? Nosotras podríamos haber..."

"No lo habrían detenido. Estaba decidido. Era feliz. Si se los hubiera dicho, eso sólo lo habría entristecido".

"Oh, Sally", murmuró Rose. "Cerraste la puerta para él, ¿no es así?"

Sally asintió. No quería que ninguna de nosotras viera

cómo luciría después". Una mariposa pasó junto a su cara, posándose brevemente en su brazo desnudo antes de volver a revolotear. "La razón por la que su muerte me destruyó no es por lo que hizo. Fue porque no cumplió su promesa. No volvió a buscarme. Así que he tomado una decisión que creo que ustedes deberían conocer. *Voy a ir tras él*".

Se giró, de cara al arbusto, preparándose para lo que había al otro lado. Dudaba que lo recordaran; rara vez habían jugado así. Al menos lo descubrirían ahora.

## La Propagación del Veneno

"¡MADRE, mira el río! Todos los peces están muertos".

Naida tragó saliva y salió de la maleza para ver a su hijo pequeño de pie junto a la orilla del río, contemplando las aguas caudalosas más allá. El río, que normalmente era azul y estaba repleto de enérgicos peces plateados, era ahora de un aburrido color barro. Los peces no tenían vida, sus cuerpos eran arrastrados por la corriente del río.

Había notado el deterioro del río hace dos días, cuando aparecieron manchas oscuras en sus profundidades, y había advertido a todos que no recogieran agua de él a menos que estuvieran desesperados, con la esperanza de que ya hubiera pasado cualquier peligro para ellos. Pero no había sido así, y ahora sus reservas de agua se estaban agotando, incluso con la ayuda del aguacero diario del bosque. Había que hacer algo, ya que si había algo en el agua tan poderoso como para matar a todos los peces, ¿cómo iba a tener su pueblo una oportunidad? Tenía que enfrentarse al anciano y obligarle a mirar más allá de las necesidades de su hijo enfermo, por muy duro que fuera para él.

"Mantente alejado de la orilla, Ren. Es peligroso", dijo

ella cuando él hizo un gesto con un palo hacia uno de los peces muertos que flotaban.

"Pero tengo sed, madre, y mi cantimplora está vacía".

"Entonces tendrás que esperar hasta que encontremos alguna fruta jugosa, o una hoja llena de rocío. Eso saciará tu sed".

Ren hizo una mueca, pero Naida la ignoró. Sin embargo, comprendía muy bien cómo se sentía. Ella misma había estado sin agua desde el mediodía del día anterior para que él y su hermana pudieran beber, y se había alimentado de la pequeña colección de frutas carnosas que habían almacenado.

Recogiendo las vasijas de agua vacías, emprendieron el camino de vuelta a la aldea, recorriendo el conocido sendero entre la maleza. Oír el ruido del bosque alegró a Naida; los pájaros se llamaban animadamente entre sí, los primates buscaban comida entre los árboles y el zumbido de los insectos llenaba el aire, prueba de que no toda la vida se había visto afectada por el declive del río. Si algo le gustaba a Naida del bosque era que nunca estaba sola. Siempre había otras criaturas dando vueltas, recordándole que era el hogar de muchos.

Ren, sin embargo, había conocido el mundo fuera del bosque gracias a los viajeros y le invadía la curiosidad por los artilugios que poseían. Para él, el bosque que tanto amaba su madre le parecía aburrido en comparación. Aun así, respetaba la vida que le rodeaba y ayudaba a su madre en la aldea, practicando sus formas tradicionales. Pronto empezaría a aprender a cazar con su padre, aunque Naida apenas podía creer que ya fuera lo suficientemente mayor. Parecía que sólo habían pasado unos pocos meses desde que era un bebé en brazos.

Llegaron a la aldea una hora más tarde y fueron recibidos por Laka, la hija de Naida. Era unos años mayor que Ren y no estaba tan fascinada por el mundo exterior como él. De hecho, la idea la ponía nerviosa, ya que sabía que habría tantas cosas que ver y tanta gente que no sería capaz de asimilarlo todo.

"¿Tus vasijas de agua están vacías otra vez, madre?", preguntó, cogiendo una de Naida y agitándola para asegurarse.

"El río sigue enfermo. Los peces están muertos y el agua ya no es clara. Debo decírselo al Anciano. *Tiene* que tomar nota de ello ahora".

"¿El río ha empeorado? ¿Qué vamos a hacer?" Preguntó Laka, con la desesperación en su voz.

Naida puso la mano en el hombro de su hija. "El Anciano sabrá lo que hay que hacer, así que no te alarmes", dijo, con mucha más confianza de la que sentía. "Por ahora, ayuda a tu hermano a recoger más frutas para que podamos beber el zumo, y pide a los demás niños que lo hagan para sus propias familias. Sin embargo, no sería prudente contarles en detalle lo mal que está el río hasta que yo haya hablado con el Anciano. No hay necesidad de causar pánico".

Laka asintió y se fue a buscar a sus amigos, llevando a su hermano detrás de ella. Naida respiró profundamente. Era el final de la tarde; el anciano solía estar atendiendo a su hijo a esa hora y no le gustaba que lo molestaran. Tal vez se le permitiera esperar en su cabaña hasta que él regresara.

Se dirigió al centro de la aldea, donde se encontraba la cabaña del anciano. Nada en ella sugería que le perteneciera, salvo un pequeño y delicado símbolo tallado sobre la entrada. Incluso era del mismo tamaño y forma que el resto de las cabañas.

Naida tomó aire para llamar dentro, pero antes de que pudiera hacerlo, la esposa del anciano, Ayme, apareció en la puerta. "Adelante, Naida", sonrió con calidez. "No hace falta que te quedes fuera. Sabes que aquí siempre eres bienvenida".

Naida le devolvió la sonrisa y aceptó su invitación. Estaba fresco y seco, al menos en comparación con la densa humedad del exterior. Ayme le trajo una pequeña taza de jugo de bayas y se sentaron a beberlo en silencio.

"Mi marido volverá pronto", dijo Ayme al cabo de un rato. "Estos últimos días han sido difíciles para él. El estado de nuestro hijo no deja de empeorar. Teme que nuestra única opción sea llevarlo al exterior para que lo traten allí".

"¿Pero cómo pagaríamos algo así? El exterior se maneja con dinero; no podemos simplemente comerciar con bienes".

La trampilla de la puerta se abrió y entró el anciano, con un aspecto más desaliñado y despojado que el que Naida había visto nunca. "Eso es algo que discutiremos si es necesario". Tomó un trago del jugo que le ofreció su mujer y se sentó con ellas. "Naida, ¿qué puedo hacer por ti? Parece que hemos hablado hace poco".

"Eso fue hace dos días, anciano. Y no te molestaría de nuevo si no fuera tan urgente", respondió. "Anciano, mi hijo Ren y yo fuimos al río a recoger agua hace poco. ¿Recuerda que la última vez le dije que había algo que no estaba bien y le aconsejé a todo el mundo que no bebiera de ella hasta que se aclarara? Pues bien, esta vez el agua no sólo estaba descolorida, sino que estaba turbia y todos los peces que vimos estaban muertos".

"Entonces, ¿es realmente demasiado peligroso beber?" Dijo Ayme, con los ojos muy abiertos. "Es una noticia muy preocupante".

"No nos adelantemos. No olvidemos que los peces son criaturas mucho más sensibles que nosotros. Lo que les afecta a ellos puede que no nos afecte a nosotros", dijo el anciano, rascándose la barba con aire reflexivo. "Puede ser que algún animal grande haya muerto río arriba y sus restos estén contaminando el agua. Iré yo mismo a comprobarlo. No deberíamos hacer más suposiciones hasta que yo vuelva".

Naida inclinó la cabeza y se levantó, haciendo una reverencia a ambos. Por alguna razón, las palabras del anciano no la reconfortaron tanto como esperaba. Era cierto que a veces los animales morían cerca del agua y la contaminaban mientras se pudren, pero ella nunca había visto el río con ese aspecto en todos sus años. Se había apresurado demasiado a sacar esa conclusión, y aunque dijo que inspeccionaría él mismo la causa, no pudo evitar la sensación de que ocultaba algo.

Recordó que unas semanas antes, el Anciano había recibido la visita de tres forasteros. Después de que se marcharan, él dijo que sólo eran científicos que observaban el mundo natural, pero ahora ella sentía que había mentido. Pero, ¿por qué lo haría? ¿Qué era lo que el Anciano intentaba ocultar a todo el mundo?

---

Cuando se puso el sol y Laka y Ren se durmieron, Naida salió sola al pueblo. Su marido estaba de caza y no volvería a casa hasta dentro de tres días, junto con el resto de la partida de caza. Las esposas de los demás hombres de la partida eran todas más jóvenes que Naida, por lo que rara vez se encontraba con ellas mientras sus hombres estaban fuera. Sin embargo, ahora se cruzaba con ellas fuera de sus cabañas. A pesar de la escasa luz, algunas seguían sentadas reparando ropa y tejiendo cestas, pero todas hablaban animadamente entre ellas.

Saludó con una palabra y ellas asintieron en respuesta, pero ella no tenía ganas de detenerse. En su lugar, pensó en ir a la cabaña del anciano de nuevo para preguntar si podía ir con él cuando fuera a inspeccionar el río. Sin embargo, cuando llegó allí, Ayme estaba sola dentro, preparándose para dormir.

"Naida, no esperaba volver a verte tan pronto", dijo, con ojos interrogantes.

"Perdóname, Ayme, no quería perturbar tu descanso", se disculpó Naida.

La mujer mayor negó con la cabeza. "Querida, no pasa nada. Evidentemente, todavía te preocupa algo. Dime, ¿qué es?"

Naida suspiró. "Todavía estoy preocupada por el río. Esperaba que el Anciano me dejara ir con él cuando lo inspeccionara para que ambos pudiéramos verlo con claridad y descubrir la causa".

"¿Sospechas que mi marido no está a la altura?" Preguntó Ayme, echándose las mantas sobre los hombros. La noche se había vuelto fría y su cuerpo ya no conservaba el calor como antes.

"No es eso", dudó Naida. "Tengo la impresión de que no está interesado en encontrar la verdadera causa. Puede que tenga razón en sus sospechas, y espero que así sea... Pero quiero estar segura. Nunca he visto el río así en toda mi vida, ni he oído a nadie hablar de algo así antes".

Ayme frunció los labios. "Admito que yo también siento que no está tan preocupado como debería. Sin embargo, ha sido fiel a su palabra, pues ya ha ido a examinarlo".

"¿De noche? ¿Pero cómo lo verá bien? Incluso con una antorcha encendida, será difícil. ¿No te parece extraño, Ayme?" Dijo Naida, sacudiendo la cabeza.

"Sí, pero tal vez su plan sea seguir la ribera del río un buen trecho y esperar hasta las primeras luces del día para ver su verdadero estado", dijo ella, pero en su frente se habían formado profundas líneas.

"¿Cuánto tiempo hace que se fue?" Presionó Naida.

Ayme pensó por un momento. "Sólo unos minutos más de lo que has estado aquí. Si eres rápida, tal vez puedas alcanzarlo".

Naida puso la mano en el hombro de Ayme y le dio las gracias, antes de salir de la cabaña tan rápido como pudo.

Tomó una de las antorchas que ardían junto a la cabaña de almacenamiento y se dirigió por el camino hacia el río.

Por la noche era aún más precavida que por el día, ya que muchas criaturas salían a la luz en la oscuridad, incluidas algunas que podían provocar la muerte instantánea si la mordían o atacaban. Afortunadamente, la luz de la antorcha hizo que muchas de ellas se dispersaran a su paso, dejándola ilesa. A lo lejos, pudo distinguir la luz de otra antorcha. Debe ser el Anciano.

Se sorprendió de haberle alcanzado tan rápidamente, pero entonces recordó que su edad había empezado a afectarle estos últimos años y ya no era el cazador rápido que ella había visto de pequeña.

Se acercaba a la orilla del río, que estaba más allá del siguiente grupo de arbustos a su derecha, pero en lugar de girar hacia él, siguió adelante. ¿Adónde iba? Curiosa, y más que suspicaz, decidió seguirlo. Apagó su antorcha para que las llamas parpadearan lo más bajo posible, persiguiéndolo cada vez más hasta que estuvo segura de que se había perdido. Ella misma solo había estado en este camino unas pocas veces; no era un buen lugar para cazar o recolectar alimentos, por lo que los aldeanos tendían a no ir allí.

Sin embargo, el paso del anciano no era vacilante, sino fuerte y seguro. Delante de él, divisó de repente una luz brillante. Una parte era la luz del fuego, pero el resto parecía ser las extrañas luces antinaturales que utiliza la gente del exterior.

¿Qué hacían aquí? ¿Habían venido a hacer un asentamiento, o eran sólo un grupo numeroso de viajeros como los que visitaban la aldea? No, pensó, estaban tramando algo más.

Cuando se acercó, vio que todos los árboles de la zona habían sido talados y que en su lugar había enormes fosas, grandes abismos tan profundos en la tierra que mirarlos era como mirar a la nada misma. Había tiendas de campaña esparcidas por el lugar, así como enormes estructuras metálicas -máquinas, recordó que se llamaban- que permanecían inactivas en el sitio. Toda la zona brillaba por la humedad, a pesar de que hacía horas que no llovía. La pendiente de la zona le permitía ver los últimos hilos de escorrentía que se derramaban hacia abajo, en dirección al río.

El anciano siguió adelante, justo en el corazón de la luz. Naida se escondió detrás de los arbustos circundantes, observando cómo se acercaba a un grupo de personas sentadas alrededor de una hoguera. Cuando lo vieron acercarse, gritaron detrás de ellos y otro hombre apareció de una de las tiendas. Sus ojos se dirigieron hacia el Anciano, e inmediatamente su boca se convirtió en una amplia sonrisa, como un jaguar que observa una presa especialmente fácil antes de atacar. Hizo una seña a un joven junto al fuego, que se levantó obedientemente para ponerse a su lado.

"Ah, anciano Cirilo", dijo el muchacho, traduciendo las apresuradas palabras extranjeras del hombre mientras tomaba con energía la mano del anciano y la estrechaba. "¿Qué podemos hacer por usted en esta hermosa noche?"

"Dijiste que nuestra aldea no sufriría daños", dijo el anciano, ahorrándose las sutilezas.

Hubo una pausa mientras el muchacho explicaba lo que había dicho el anciano, pero luego llegó la respuesta del hombre. "Y yo soy fiel a mi palabra, ¿no es así? Ninguno de tus aldeanos se ha visto afectado por nuestro trabajo aquí". El hombre hizo un amplio gesto a su alrededor, con la sonrisa aún extendida en su rostro.

"Pero podrían estarlo", respondió el anciano. "Nuestro río está contaminado; el agua está descolorida y los peces están muertos. ¿Dónde vamos a pescar y qué vamos a beber a partir de ahora?"

El hombre sonriente frunció el ceño profundamente. "Me temo que no sé de qué está hablando. Si el río está contaminado, no tiene nada que ver con nosotros, se lo aseguro", respondió el muchacho por él, lanzando una mirada recelosa a su amo.

"Mientes. Sé que utilizas extrañas pociones para matar las plantas y preparar la tierra para tus excavaciones, y otros venenos de ese tipo en esas cosas asquerosas que tienes y que provocan explosiones".

El ceño del hombre se convirtió en un ceño fruncido y, mientras instruía al muchacho con lo que debía decir, era evidente que el tono de su voz había perdido toda su amabilidad. El muchacho se encogió, pero su amo lo agarró con fuerza por el hombro y lo obligó a dirigirse al Anciano. "Creo que tu hijo está terriblemente enfermo, ¿no es así? ¿No le prometimos pagarle una buena suma de dinero para que lo tratara en la ciudad a cambio de su silencio?"

El anciano no dijo nada. Naida cogió aire, sin querer creer lo que acababa de oír. ¿De verdad esa gente había comprado el silencio del Anciano? No, no podía ser. Aunque su hijo estuviera enfermo, el Anciano no aceptaría dinero de gente así... *¿O sí?*

"Quiero el doble", dijo finalmente el anciano. "Dame el doble de lo que ofreciste y te dejaré en paz".

"Hecho", dijo el chico con amargura tras otra breve instrucción, bajando la mirada para no tener que mirar al Anciano a los ojos. "Pero no habrá excepciones después de esto".

Naida no pudo contenerse. Salió corriendo hacia la luz, a la vista de todos los que estaban sentados allí. "¡Anciano, no puedes hacer esto! ¿Qué pasa con nuestro pueblo?"

"¿Y quién es esta bonita?", dijo el chico, aunque no estaba dispuesto a utilizar el tono lascivo de su amo. "Escondida en los arbustos, ¿verdad?"

"Naida, no deberías estar aquí", dijo el anciano en voz baja. Por favor, vuelve a la aldea". No se volvió hacia ella mientras hablaba, sino que prefirió mirar fijamente al frente.

"No lo haré", dijo Naida con firmeza. "¿Por qué dejas que

esta gente te calle con su papel moneda? Aunque sea para salvar a tu hijo, ¿cómo puedes permitir que envenenen el río y pongan en riesgo la vida de nuestro pueblo?"

El anciano no hizo ningún comentario, como si sus palabras hubieran caído en oídos sordos.

"No podemos dejar que hagan esto. Podríamos morir todos si dejamos que esto continúe... ¡Mis hijos podrían morir, anciano!"

"O puedes mudarte", dijo el chico para el sonriente hombre, cuyo interés por Naida se había convertido en disgusto ahora que las lágrimas mojaban sus mejillas. "Hay muchos lugares para trasladar tu aldea; después de todo, la selva es bastante grande".

"No", dijo el anciano. "Nuestro pueblo ha vivido en esta aldea durante generaciones. *No nos moveremos*". Levantó la vista hacia Naida, mirándola fijamente como si la viera por primera vez. Vio la rabia en sus ojos y, con ella, la absoluta conmoción por su engaño. Resopló y se volvió hacia el hombre sonriente. "He permitido que me manipules durante demasiado tiempo. ¿Por qué tiene que sufrir mi pueblo por mi egoísmo? Puedes recuperar tu papel moneda. Quiero que te vayas, y que te lleves tus máquinas y tus venenos".

"Entonces su hijo morirá con toda seguridad", dijo el muchacho, haciendo una mueca de dolor cuando el agarre de su amo en el hombro se hizo más intenso. Necesita un tratamiento desde el exterior, un tratamiento que una aldea pobre como la suya nunca podrá pagar".

"Encontraremos otro camino", dijo el anciano. "Ven, Naida, regresaremos a la aldea".

Se giró bruscamente y sin pronunciar palabra, y Naida le siguió por el bosque hasta su casa. Cuando llegaron a ella, el anciano convocó una reunión entre los adultos. Naida no había dicho ni una palabra en el camino de vuelta, y se negó a hablar cuando los demás aldeanos le preguntaron qué ocurría, disgustados por haber sido convocados tan tarde en la noche. Esa era la tarea del Anciano, suya y sólo suya.

“Mis hijos e hijas”, comenzó dirigiéndose a todos. “Sé que la partida de caza aún no ha regresado, pero siento que debo hablar con ustedes con la mayor urgencia”. Hizo una pausa, tratando de formular sus palabras. “Les he estado mintiendo a todos”.

La gente susurró conmocionada y Ayme cayó débilmente contra las paredes de la cabaña. Naida fue al lado de Ayme y dejó que la mujer mayor se apoyara en su hombro.

“Hace varias semanas, unos forasteros vinieron a hablar conmigo. Les dije que eran personas conocidas como científicos que estudian el mundo natural. No lo eran. Esta gente quiere destruir parte del bosque para poder excavar en busca de minerales bajo la tierra, para venderlos por su preciado papel moneda. Me dijeron que si guardaba silencio sobre sus planes, pagarían para que mi hijo fuera tratado por los curanderos del exterior. Me avergüenza admitir que acepté y, aún hoy, cuando descubrí que sus métodos estaban contaminando el río, me dirigí a ellos no para pedirles que se marcharan, sino para pedir más dinero para mi hijo a cambio de mi continuo silencio. Aceptaron y, si no hubiera sido por Naida, me habría ido satisfecho y habría arriesgado la vida de todos ustedes al hacerlo”.

Los aldeanos estaban demasiado aturdidos por sus palabras como para hablar, y le miraban en silencio. Cuando por fin se dieron cuenta de lo que había dicho, estalló un gran alboroto. La multitud gritó y se empujó entre sí en una ola de furia y traición. El anciano soportó sus insultos, y fueron tan soeces que Naida se asombró de que él no protestara ni una sola vez.

Entonces, una joven salió corriendo entre la multitud desde la cabaña donde se encontraba el hijo del Anciano, dirigiéndose directamente hacia Naida y Ayme. Le susurró algo a Ayme, y aunque Naida no pudo oírlo por el estruendo de la multitud, la reacción de Ayme delató el mensaje inmediatamente.

Dejó escapar un grito de desesperación que silenció a todos, y al volverse hacia ella, supieron al igual que Naida que la única causa podía ser que su hijo estaba muerto. Sonó en la noche, durando sólo unos segundos, pero para todos los presentes, se sintió como una eternidad.

Con el rostro cubierto de ceniza, el Anciano se arrodilló. "Se acabó", dijo, con una voz tranquila al principio, pero que se hacía más fuerte con cada palabra. "Esa gente que quiere envenenar nuestro río y desenterrar la tierra ya no tiene poder sobre mí. Ya no pueden jugar con mi debilidad. Enterraré a nuestro hijo y lloraré por él, pero luego lucharé. Lucharemos. Yo y algunos otros viajaremos al exterior y buscaremos la ayuda de los que saben de estos asuntos. No voy a dejar que esta gente siga amenazando nuestra forma de vida".

Tomó aire y fue al lado de Ayme, su cuerpo temblando junto al de ella. "Pero ahora, en esta noche, no diré nada más. Perdónenme, pero debo despedirme de mi hijo". Se separaron de la multitud y desaparecieron en la cabaña donde yacía el cuerpo de su hijo, y durante el resto de la noche el único sonido que se escuchó en el pueblo fueron los sollozos de Ayme.

Naida sintió una tristeza más profunda que ninguna otra que hubiera experimentado antes. Aunque no quería admitirlo, entendía por qué el Anciano había apostado sus vidas por la de su hijo. Si hubiera sido uno de sus propios hijos, sabía que se habría dejado convencer con la misma facilidad. Era esto, más que nada, lo que causaba la culpa que ahora sentía que la carcomía. Pero ya no se podía hacer nada. La muerte le había aplicado su mano fría y había liberado al Anciano de su confusión, obligándole a seguir adelante.

Caminó lentamente de regreso a su propia cabaña, deslizándose por la puerta para ver a su hijo y a su hija profundamente dormidos, envueltos bajo sus mantas. Se arrodilló y puso una mano sobre cada una de sus cabezas, tarareando suavemente.

Expulsar a los forasteros del bosque y purificar el río no sería tarea fácil, pero si los aldeanos se mantenían firmes, lo harían. Ella estaba segura de ello.

# Páginas Numeradas

IVÁN SE BAJÓ DEL TAXI, entregando unos billetes al conductor después de rebuscar en su cartera, y miró hacia el alto y elevado edificio que era el Instituto Waverick para Niños.

A sus ojos, era un castillo en miniatura, con toda la piedra original expuesta y rodeado de campos y pastos, muy alejado de las escuelas en las que había enseñado en Londres.

Recogiendo sus maletas con un pequeño trago, se dirigió a las intrincadas puertas de metal, viendo un intercomunicador en el lado de la pared junto a ellas y pulsándolo. Siseó, como si hubiera pasado mucho tiempo desde la última vez que se utilizó, y entonces se oyó una voz baja pero claramente femenina a través de él.

"¿Puedo ayudarle?" Preguntó la interlocutora.

Iván se aclaró la garganta. "Sí, me llamo Ivan Cornersberg, el nuevo profesor de inglés", respondió, sintiendo que un temblor le llenaba la garganta sin poder controlarlo.

"Ah, sí, me dijeron que llegaría hoy. Por favor, retroceda mientras abro las puertas".

Iván lo hizo, no un momento antes de que las grandes puertas se abrieran de golpe, chirriando en sus bisagras. Una vez que la brecha fue lo suficientemente amplia como para atravesarla, recogió sus maletas una vez más y se dirigió hacia el largo y serpenteante camino, bordeado casi a la perfección con losas de piedra amarilla que lo separaban de la gran zona de césped a ambos lados.

Llegó a la puerta de la entrada principal, tan impresionante como los portones, y utilizó la aldaba de hierro fundido para llamar tres veces. Oyó el eco de los golpes en el vestíbulo y, al cabo de medio minuto, la puerta se abrió, dejando ver a un mayordomo vestido con un frac negro y pantalones, con un reloj de bolsillo y cadena colgando a un lado del chaleco.

"Buenos días, señor", dijo agradablemente el mayordomo, haciéndose a un lado para dejar entrar a Iván. Me llamo Francis y el director me ha pedido que le dé la bienvenida al Instituto Waverick para Niños. Me ha informado de que debo estar a su servicio mientras esté empleado aquí".

"Gracias", dijo Iván, maravillado por el elegante traje del mayordomo. Comparado con él, se sentía más bien desaliñado, vestido con su chaqueta de tweed y sus sencillos pantalones. Nunca había oído hablar de un mayordomo que trabajara en una escuela, pero *estaba* en el campo. Tal vez fuera la norma aquí. "¿Dónde puedo encontrar al director? Tengo una cita con él esta tarde".

"Me temo que está dando clases en este momento, señor, pero le llevaré a su oficina donde podrá esperar hasta que suene la campana para el almuerzo".

El mayordomo recogió las maletas de Iván, con la cara crispada por el peso. Condujo a Iván por un largo pasillo recto, alfombrado de un rojo intenso que hacía que el profesor de inglés sintiera que se hundía a cada paso que daba. El mayordomo giró bruscamente a la derecha justo antes de llegar al final, por un pasillo más pequeño que Iván no habría notado por sí mismo.

Allí se encontraba la oficina del director, con una sola puerta que destacaba orgullosa sobre la piedra de las paredes.

El mayordomo sacó una pequeña llave de latón y la introdujo en la cerradura, oyendo un clic antes de retirarla. Abrió la puerta y condujo a Iván al interior, colocando sus maletas junto a una alta estantería llena de tomos sobre todo tipo de temas.

Iván escaneó algunos de sus títulos. *Guía del Astrónomo Para el Cielo del Norte, Del Caldo al Brunch: Notas de Aclamados Chefs Sobre Platos Populares, Tácticas Militares de los Últimos Cien Años, Criminología Para Escritores: Detrás de los Ojos de un Asesino.* Un escalofrío recorrió la espina dorsal de Iván en el último, aunque tal vez fuera causado por la atenta mirada del mayordomo, que aprovechó el momento para toser.

"Por favor, espere aquí hasta que llegue el director. Sin embargo, me temo que debo encerrarlo, ya que algunos de los chicos se han colado aquí últimamente y han perturbado el escritorio del director", dijo, con un tono cortés pero con un cierto toque. "Con su permiso, señor, me marcharé".

Iván asintió. "Sí, gracias, estaré bien", dijo, sentándose en un sillón cubierto de terciopelo. El mayordomo se inclinó y salió de la habitación, cerrando con llave como había prometido. Iván miró a su alrededor, observando el sillón de cuero del director y el escritorio que tenía delante, tallado en una sola pieza de caoba. Sobre él había una pequeña caja de madera de cerezo con incrustaciones de lo que parecía marfil.

Iván esperaba que no lo fuera; con todas las noticias sobre los elefantes en vías de extinción debido a los cazadores furtivos que les disparaban por sus colmillos, le parecía de muy mal gusto. Tuvo la tentación de examinarlo para tranquilizarse, pero al levantarse oyó que metían la llave en la cerradura y rápidamente se sentó de nuevo.

La puerta se abrió y un hombre de baja estatura, con el rostro oculto por una gran pila de libros, entró arrastrando los pies. Uno de los libros se cayó e Iván se levantó de un salto antes de que cayera al suelo.

"Ah, gracias", dijo el hombre, sin mirarle y dejando la pila de libros sobre el escritorio. "Esperaba poder arreglármelas, pero..."

Se dio la vuelta y su rostro rubicundo se convirtió en una sonrisa. "¡Ah, Iván! No estaba seguro de que estuvieras aquí todavía. Acabo de impartir una de las clases de las que te harás cargo. Una clase muy animada", dijo, sentándose en su silla.

"¿No le dijo el mayordomo que había llegado?" Preguntó Iván.

"¿Mayordomo?" Dijo el director. "¿Te refieres a Francis? No es realmente un mayordomo, ya sabes, en realidad es nuestro cuidador. Es un poco extraño, vestirse así y hablar de manera tan formal, pero es bueno en su trabajo y, sorprendentemente, los chicos no le hacen caso. Así que lo dejamos en paz".

"Oh, ya veo", dijo Iván, sentándose de nuevo en el sillón. Estudió al director. Aunque no había visto bien a su cuñado desde el incidente, Iván pensó que parecía más cansado de lo habitual. Su cara, aunque seguía siendo ancha, era más delgada que antes y su cabello había retrocedido mucho.

Sin embargo, Iván sabía que él también había cambiado. Nadie podría pasar por lo que él tuvo que pasar durante el año pasado y seguir igual.

"Ahora, al grano", dijo el director, apoyando las manos en el escritorio frente a él y cruzando los dedos. "Sé que has tenido muchos problemas para encontrar trabajo últimamente, y estoy seguro de que... Dadas las circunstancias, ha sido duro vivir solo".

"Como te dije por teléfono, el Sr. Summers, nuestro anterior profesor de inglés, se puso enfermo justo antes de empezar el curso y tuvo que marcharse. Ahora, he estado enseñando su clase durante las últimas semanas desde entonces, pero con mi propio trabajo para ver, está resultando algo difícil. Sé que aceptaste el puesto cuando te llamé, pero quería enseñarte Waverick antes de que tomaras tu decisión final.

Como sin duda ya has visto, esta no es una escuela londinense. Aquí nos tomamos muy en serio las necesidades de cada alumno y por eso nuestras clases son pequeñas, con diez alumnos como máximo en cada clase. ¿Cómo te sientes al respecto?"

"Bueno, estoy seguro de que me llevará un tiempo acostumbrarme, pero esto puede ser lo que necesito", respondió Iván.

"Me alegro de oírlo", dijo el director, sonriendo. Como somos un internado, debo decirte que sólo uno o dos de nuestros alumnos se van a casa durante las vacaciones, ya que la mayoría de sus padres trabajan en el extranjero. Te advierto que pueden ser difíciles de manejar, aunque si empiezas con el enfoque adecuado, pueden tener tantas ganas de aprender como cualquiera. ¿Sigues dispuesto a aceptar el puesto después de escuchar esto?".

Iván asintió. "Por supuesto que sí. Si le soy sincero, Thomas, el mero hecho de estar fuera de Londres y poder volver a dar clases me quita un peso de encima". Se sentó un momento a pensar. "Debo preguntarle, sin embargo, si los estudiantes y el resto del personal saben lo que ha pasado".

Una pequeña arruga apareció en el ceño del director. "Sí, lo saben, pero les he dicho a todos que tengo la máxima confianza en ti y si hubiera dudado de tu inocencia, habría sido el primero en apartarme de ti".

Iván lanzó un largo suspiro de alivio. "Bueno, al menos no tengo que ocultar nada".

"Desde luego, sería una situación intimidatoria para cualquiera que tuviera que atravesar por ella", dijo el director. Abrió un cajón de su escritorio y sacó una hoja de papel, encabezada en la parte superior por un escudo que representaba un águila con un conejo en las garras, el escudo del Instituto Waverick. Lo puso delante de Iván y le entregó un bolígrafo. "Aquí tienes tu contrato oficial. Si tienes alguna duda, no dudes en preguntar".

Iván escaneó rápidamente el documento. Parecía el contrato de un maestro estándar, como cualquier otro que hubiera firmado. Cogió el bolígrafo y garabateó su firma y la fecha al pie, antes de devolvérselo al director.

"Excelente", dijo el director, tomándolo y guardándolo en su cajón. Voy a llamar a Francis para que te acompañe a tu habitación. Pero te pediré que no me llames Thomas delante de los alumnos. Debes dirigirte a mí como Director. Suelen volverse arrogantes si saben tu nombre", añadió, antes de descolgar el auricular de un anticuado teléfono de disco que había en una estantería detrás de él. Iván sonrió. No había visto uno de esos desde sus visitas a casa de su abuela cuando era niño.

Cuando el director se dio la vuelta, Iván se tomó un momento para comprobar su propio teléfono, un viejo Nokia que le había servido fielmente estos últimos diez años. La barra de señal de la parte superior estaba vacía. Debería haberlo sabido; no había visto ninguna torre de señal en su viaje hasta aquí. Suspiró, sabiendo que era una de las cosas a las que tendría que acostumbrarse, pero sabía que también tenía sus ventajas. Al fin y al cabo, sin señal, no podía recibir mensajes de odio de gente que no conocía y que de alguna manera había conseguido su número.

"Francis estará con nosotros en un momento", dijo el director, colgando el auricular y volviéndose hacia él. "¿Quieres beber algo mientras esperas?" Preguntó, abriendo un armario a su lado que estaba lleno de brandy.

Iván se rió. "Creo que es un poco temprano para mí", dijo, viendo al director servirse un vaso.

"Haz lo que quieras. Podrías pensar diferente después de haber dado tu primera clase".

Un momento después, llamaron a la puerta y, a la orden del director, Francis, el mayordomo, o conserje, lo que fuera, entró en la habitación y se inclinó ante ambos.

"¿Me convocó, director?" Preguntó.

"Sí, te llamé", dijo el director, observando el atuendo de Francis y negando con la cabeza. "¿Podría acompañar a Iván a su habitación?"

"Si ese es su deseo, director", respondió Francis y, recogiendo las maletas de Iván una vez más, salió de la habitación.

Iván se levantó de un salto para seguirle antes de que se perdiera de vista.

"Te veré esta noche en la cena, Iván", le dijo el director con un gesto de la mano.

A la mañana siguiente, poniéndose la ropa al azar y darse cuenta de que había puesto el despertador media hora más tarde de lo previsto, Iván salió a toda prisa de su habitación y bajó la escalera que le llevaba al vestíbulo. Miró los cuatro pasillos que salían de él, tratando de recordar cuál era el que llevaba al comedor. Adivinando, eligió el que llevaba a la izquierda y lo siguió.

Al ver la robusta puerta de madera del fondo, suspiró aliviado. Entró, con lo que esperaba que fuera una expresión amistosa, pero autoritaria, mientras la multitud de estudiantes le miraba desde sus platos de desayuno. Los había visto brevemente en la cena de la noche anterior, pero se había retirado temprano debido a un repentino dolor de cabeza.

Los demás profesores, de los que el director le había dicho que solían llegar a la cena media hora más tarde que él, y los alumnos, debido a las calificaciones que siempre hacían después de las clases, aún no lo conocían, por lo que también lo observaron con curiosidad mientras se dirigía a su mesa. Se sentó en el asiento vacío junto al director y su secretaria, la mujer de mediana edad que había respondido al intercomunicador cuando él llegó.

"Siento llegar tarde", se disculpó ante todos mientras se acomodaba en su silla.

"No se preocupe", dijo un hombre sentado frente a él, con barba bien recortada y gafas. "Recuerdo mi primer día aquí. Estaba tan poco preparado que entré en una clase de geografía e intenté enseñarles matemáticas. Sólo cuando iba por la mitad de mi explicación del teorema de Pitágoras me di cuenta de que la señorita James estaba esperando pacientemente a que dejara de hablar para poder dar su clase". Señaló con la cabeza a la joven que estaba junto a Iván y le sonrió.

"Lo recuerdo", dijo ella, también sonriendo. "Pero creo que el mejor premio es para el señor Heathers, al final. Él enseña biología, y confundió tanto su explicación de la reproducción que los chicos seguían confundiendo la meiosis con la mitosis y le llevó el resto del curso conseguir que lo aprendieran correctamente. Por supuesto, eso es en parte porque su vista es tan mala que no se dio cuenta de su error durante unas cuantas semanas".

"¿Qué es esto?" Dijo el señor Heathers desde el extremo de la mesa. Iván vio que era un hombre mayor, de unos setenta años, mucho más que cualquiera de los profesores con los que había trabajado en la ciudad. "¿Qué es esta charla sobre los dedos de mis pies?"

La señorita James puso los ojos en blanco. "También es bastante sordo", le dijo a Iván con desesperación.

Terminaron de desayunar y el director condujo a Iván al aula de inglés. Para su sorpresa, los alumnos ya estaban allí, a pesar de que faltaban al menos dos minutos para el timbre. Reconoció a varios de ellos de la sala de desayunos.

"Clase, me complace presentarles a su nuevo profesor de inglés, el señor Cornersberg. Les aseguro que es mucho más experto que yo en esta materia, como seguramente todos esperaban".

Un chico del fondo, con la corbata hecha a lo bruto, se rió. "No nos importa, director", dijo. "Al menos con usted, nos salimos con la nuestra y arruinamos el uso de allí, de ellos y de ellas".

El director miró a Iván con expresión de dolor. "La ortografía y la gramática siempre han sido una de mis debilidades", admitió. "Entonces, supongo que debo dejarlas para ti".

"Gracias, director", dijo Iván, asintiendo con la cabeza mientras él salía del salón. Se dirigió a su clase, con la ansiedad mordiéndole las entrañas, una sensación que no había sentido desde sus días de entrenamiento. Como le había aconsejado su terapeuta, era bastante normal sentirse así después de meses de evitar todo contacto humano. Sólo tenía que respirar y concentrarse en su plan de clases.

"Como les informó el director, mi nombre es señor Cornersberg. Lo escribiré en la pizarra para que puedan escribirlo correctamente en sus libros".

Se volteó hacia la pizarra y marcó su nombre con tiza, sin estar acostumbrado a la sensación de que la mayoría de las escuelas prefieren las pizarras blancas y las pantallas de los proyectores. De alguna manera, se sentía bien volver a utilizar un equipo tan básico, sin todo el alboroto de la tecnología.

"Ahora", dijo, frotando la tiza de sus dedos en sus pantalones negros sin pensar. Algunos de la clase sonrieron ante las huellas en blanco que dejó. "Creo que el director me ha dado algunas notas que dejó su profesor del año pasado, señor Summers. Según ellos, ustedes ya han realizado un trabajo de curso analizando *Lejos del Mundanal Ruido* por Thomas Hardy, pero él siente que la mayoría de sus piezas no eran lo suficientemente sólidas para incluirlas en sus portafolios de GCSE (Certificado General de Educación Secundaria). Sin embargo, no se preocupen, ya que estaremos trabajando en un tema diferente con el que podrían participar un poco más. Díganme, ¿alguien ha oído hablar de *Matar un Ruiseñor* de Harper Lee?"

La clase avanzó sin problemas y, como Ivan había sospechado, los chicos se aferraron a los temas mucho más fácilmente que con el libro anterior que habían estudiado. Había traído suficientes ejemplares para que tuvieran uno cada uno y, al final de la clase, habían cubierto todo el primer capítulo y también habían tenido tiempo de analizarlo.

Cuando sonó el timbre para el cambio a la segunda hora,

la clase se marchó e Iván recogió los ejemplares del libro y los apiló en su mesa, preparando otro juego para el curso superior, esta vez *Otelo* de Shakespeare. Puso un ejemplar en cada mesa antes de volver a la suya y contar los ejemplares de *Matar a un ruiseñor*, asegurándose de que estaban todos.

Al recoger el ejemplar superior, se deslizó una nota de debajo de la cubierta, acompañada de un recorte de periódico.

Sin tener que mirar, Iván supo lo que decía el recorte. “Cuerpo de mujer embarazada encontrado acunado en los brazos del marido”. Había una foto del día de su boda, y luego otra sólo de su Julia.

Desplegó la nota tímidamente. La palabra “Asesino” estaba escrita con la lámina de una tira de paracetamol.

Verla le hizo caer de rodillas. ¿Cómo lo habían sabido? Ese detalle nunca se había hecho público. Nadie más que la policía y el patólogo que había hecho la autopsia lo sabía. Ni siquiera se lo habían dicho a Thomas.

¿Y si quien lo enviaba sospechaba lo que había sido realmente el paracetamol? Pero eso era imposible, ni una sola persona podría olfatear *eso*.

Tranquilo, Iván arrugó el recorte y la nota. Lo quemaría en la chimenea de su habitación más tarde. Por ahora, tenía una clase que impartir.

## Retomando la Mente

MI PADRE SOLÍA HACER flautas a mano.

Todos los días le veía elegir el material; algunos días era madera, otros arcilla o bambú.

Pasaba horas tallando y dando forma a una sola flauta, y nunca estaba contento si no estaba perfectamente afinada, con una voz que sonara en su estudio y en las calles más allá. A menudo, encontraba imperfecciones en su trabajo y las arrojaba a un gran contenedor que tenía exclusivamente para ese fin, antes de empezar con una nueva flauta con aún más entusiasmo, esforzándose por hacerla perfecta.

Mientras trabajaba, solía decirme que la música podía calmar el alma y curar la mente de cualquier enfermedad o depresión, permitiendo tanto al músico como al público liberarse de las preocupaciones de la vida moderna. Decía que, por esta razón, sólo las flautas más excepcionales que fabricaba pasaban su aprobación, porque ¿cómo se puede hacer buena música sin un buen instrumento?

Cuando él no miraba, yo cogía una de las flautas desechadas, bajaba al bosque y la tocaba durante horas hasta la hora de la cena. Nunca pude tocar tan bien como él, pero estas flautas que él simplemente tiraba porque no estaban a su altura sonaban hermosas de todos modos. No sé si me tranquilizaban o no, pero sí me calmaban después de un día difícil en la escuela.

A medida que pasaban los años, mi padre desechaba más y más flautas, sin estar nunca contento con lo que hacía. Al principio, pensé que se esforzaba demasiado por alcanzar la perfección, pero al día siguiente de que naciera mi hija menor, le diagnosticaron demencia precoz.

La enfermedad evolucionó rápidamente y, apenas un año después de su diagnóstico, fue ingresado en un centro de acogida. Fue una decisión difícil, pero mi madre no podía seguir cuidando de él, y con mi creciente familia y mi trabajo en el museo de Historia Natural, yo tampoco podía.

Visitarlo fue difícil. El hombre que conocía ya no estaba allí. Apenas recordaba su nombre, y mucho menos su amor por la música, y a menudo me marchaba al borde de las lágrimas.

Años más tarde, después de que el museo recibiera un gran cargamento de artefactos, descubrí un hallazgo inusual. Tenía la misma forma que algunas de las ocarinas de arcilla que hacía mi padre, pero con dos agujeros de sonido, lo que significa que había dos cámaras en su interior que permitían tocar dos notas a la vez. La descripción que la acompañaba decía que había sido fabricada por los incas en el Perú precolombino, y se creía que se utilizaba para alcanzar una mayor conciencia espiritual.

Al sostenerla, sentí un fuerte impulso de mostrársela. Normalmente, los artefactos que recibíamos sólo podían salir del museo para ser transportados a otros museos, pero mi jefe conocía el estado de mi padre y me permitió llevársela, estrictamente como algo único entre nosotros dos. Y, bajo ninguna circunstancia, debía contárselo a nadie.

Cuando llegué a la residencia esa misma tarde, encontré a

mi padre discutiendo con una de las asistentes, insistiendo en que le estaban envenenando la comida. Entré rápidamente, disculpándome por su comportamiento, y lo llevé a su habitación privada.

Decidiendo que se había calmado lo suficiente, saqué la antigua flauta de mi bolso y la desenvolví con cuidado. Hasta ese momento, él había estado mirando la pared, pero cuando me llevé la flauta a los labios y soplé en ella, adivinando dónde colocar los dedos, se volvió para mirarme. Seguí tocando, levantando los dedos para cambiar las notas claras y fuertes que salían de ella y, suavemente, vi que una chispa volvía a sus ojos.

"¿De dónde has sacado eso?" Preguntó.

Casi se me cae la flauta al suelo. Era la primera frase coherente que pronunciaba en años y enseguida supe que estaba lúcido. Le conté lo poco que sabía de ella, y él me la quitó y examinó el instrumento, murmurando un resumen sobre ella mientras lo hacía.

Luego se la llevó a los labios y la tocó él mismo. En ese momento, por fin comprendí lo que me había estado diciendo, pues el sonido que salía de ella hizo desaparecer toda la ansiedad que gobernaba mi cuerpo. Mi mente se aquietó y me sentí más viva de lo que había estado desde la infancia. Sabía que él también lo sentía, y durante las horas siguientes nos sentamos y hablamos como solíamos hacerlo antes de que estuviera enfermo.

A medida que avanzaba la noche, nos fuimos quedando dormidos. Cuando me desperté a la mañana siguiente, todavía apoyada en el sillón junto a su cama, mis ojos vieron su rostro inmóvil, una sonrisa que llevaba el mismo logro que las que había tenido después de fabricar sus mejores instrumentos.

En su mano, la antigua flauta todavía yacía, inocua, y entonces supe que había muerto el hombre que yo recordaba, no la sombra que los años habían hecho de él.

Devolví la flauta al museo después de informar a todos de

su fallecimiento. Mi jefe la aceptó sin rechistar y la expuso en un lugar destacado para que todo el mundo la viera. Al ver mi reflejo en el cristal del expositor, la última melodía que había tocado mi padre resonó en mi cabeza, y en la superficie brillante de la flauta apareció su rostro.

Parpadeó una vez y desapareció.

## El Rostro

HAY una cara en el árbol, debajo de la corteza, hinchándose en una máscara bulbosa. No está congelado en su sitio, sino que tiene la capacidad de subir por las ramas y las hojas, empujando hasta detenerse en las suaves flores blancas. Allí espera, hasta que una abeja o avispa desprevenida se posa en los delicados pétalos en busca de polen. Entonces: ¡traga!

El insecto es tragado entero por la cara, sin que quede ni siquiera una pata negra y peluda o un ala de cristal como prueba de que alguna vez estuvo allí.

Una vez llena, la cara se retira a las raíces del árbol y se esconde, a salvo entre el musgo y la tierra blanda, donde el olor del petricor puede sobrepasar su propio aroma. Lejos de los agudos sentidos de las cazadoras del bosque, con sus afiladas uñas de gancho y su velocidad sin igual para trepar a los árboles. Las dríadas, las protectoras del bosque.

Han estado persiguiendo la cara durante más años de los que pueden recordar, desde que se les escapó una noche cuando era poco más que un bebé.

Verás, la cara fue una vez una dríada macho, y es bien sabido entre todas las dríadas, desde las de las grandes selvas hasta las de los pequeños bosques rurales, que un bebé macho es un presagio de que el bosque morirá pronto.

Temiendo que sus hermanas se volvieran contra la criatura, su madre la colocó junto al camino por el que pasaban a menudo los humanos, con la esperanza de que la encontraran y la cuidaran (porque las crías de las dríadas son tan parecidas a las humanas al nacer, que es fácil confundirlas entre sí, y un año de alimentación de una cría de dríada con comida humana haría que el parecido fuera permanente).

Pero buscando el pecho de su madre, como hacen todos los bebés, el bebé se arrastró hasta las moradas de las dríadas en busca de ella. Allí fue descubierto por la reina de las dríadas, que, repelida por todo lo que representaba, trató de matarlo con sus salvajes uñas.

Sin embargo, la Tierra no quería que el bebé muriera. Al engullirlo en un nido en el que la reina dríade no podía penetrar, la Tierra le concedió el poder de convertirse en uno con el bosque, con sólo su rostro siempre visible.

Una vez completada su metamorfosis, la Tierra lo liberó. La criatura utilizó su nueva forma para eludir a la reina, y se desplazó por el suelo hasta perderse de vista. Enfadada y temerosa de lo que pudiera hacer, la reina ordenó a sus hermanas que lo buscaran y lo mataran en cuanto lo vieran.

Poco después, los árboles de las dríadas comenzaron a marchitarse. No podían ver que era su propia negligencia la que lo hacía, y nada que ver con el bebé. Pues el bebé era ahora un rostro, y ya no era una dríada en absoluto. Mientras los árboles de las dríadas morían, los árboles que habitaba el rostro prosperaban, creciendo altos y fuertes un año más.

Incluso ahora, las dríadas son ciegas por su negligencia. Sin embargo, han muerto tantas de sus árboles natales que su número ha disminuido, y no pasará mucho tiempo antes de que el rostro se libere de su caza y pueda vivir su vida plenamente como verdadero protector del bosque.

## Las Tierras Bajas

EL OLOR de mamá aún estaba fresco en la madriguera cuando me desperté. La luz se colaba entre los huecos de las hojas que nos protegían. Parpadeé. Era extraño; había llegado el día, pero mamá había salido y me había dejado sola. Nunca había hecho eso, ni siquiera por la noche, cuando salía a buscar comida. Yo *siempre* estaba con ella.

Me levanté y estiré las patas delanteras, trasladando mi peso a las traseras, y luego me sacudí. No podía llevar mucho tiempo fuera, si no su olor no sería tan fuerte. ¿Debería salir a buscarla? Quería hacerlo, pero entonces recordé lo que había dicho sobre salir durante el día. No todas las criaturas del bosque eran amistosas. Había depredadores cuyos colmillos y garras podrían atravesar mi piel con facilidad.

Le pregunté por qué querrían hacer algo así, pero no me contestó. Sólo dijo que no comían plantas como nosotros. Incluso la hermana, que era lo suficientemente mayor como para refugiarse sola, no quiso decir nada más.

Pensando por un momento, me rasqué la pata delantera con el pie trasero. Tal vez la hermana sabía dónde había ido mamá. Su guarida estaba a poca distancia de la nuestra.

Aunque hubiera depredadores, estaba lo suficientemente cerca como para llegar rápidamente y yo era un corredor rápido.

Me dirigí hacia la entrada de nuestra guarida, un arbusto de hojas gruesas que era lo suficientemente flexible como para escurrirse a través de él, pero lo suficientemente elástico como para rebotar y protegernos de los forasteros. Asomé el hocico entre las hojas y olfateé. No había olores extraños en el aire, así que empujé mi cabeza a través de un poco más y miré alrededor. No había nada. Era seguro.

Al salir de la madriguera, volví a inspeccionar la zona, pero seguía sin haber movimiento en ninguna parte. Aun así, corrí hacia la guarida de la hermana, haciendo una breve llamada para hacerle saber que estaba allí. No hubo respuesta. Entré y me colé entre los arbustos. La hermana también se había ido. ¿Se había ido con mamá, o por alguna razón propia?

He dado un zarpazo en el suelo. ¿Qué debía hacer? Estaba solo y no había señales de dónde habían ido Madre o Hermana. Temblaba, preguntándome si volvería a sentir el cálido cuerpo de mamá acurrucado contra mí. *¿Por qué se había ido?*

Una extraña esencia entró en mis fosas nasales, haciendo que me picara el hocico. Con él llegó una extraña nube gris que me irritó los ojos y me arañó la garganta, haciéndome toser. Nunca había olido nada que me produjera *esa* reacción. No me gustaba.

El olor se hizo más fuerte y la extraña nube se hizo más espesa. Era tan densa que no podía respirar. En un momento de pánico, salí corriendo de la guarida de la hermana hacia el exterior, pero incluso allí no había escapatoria.

Corrí y corrí, con el corazón martilleando y los pulmones ardiendo, mientras la espesa nube gris seguía rodeándome. No podía ver con claridad ni oler nada más que ese horrible olor.

Los árboles y arbustos estaban siendo atacados por una extraña criatura naranja y amarilla, con muchas lenguas largas que volvían las hojas negras y marchitas. La criatura estaba caliente y crepitaba con furia. Me alejé de ella, pero también estaba atacando los árboles detrás de mí. No había forma de escapar.

Desesperado, llamé a mi madre, con un largo grito que apenas se oía por encima del fuerte crujido de la criatura. Esperé su respuesta, pero no llegó. Lo intenté de nuevo, esta vez más fuerte. La criatura amarilla se acercaba, en pocos minutos me alcanzaría.

Entonces, en silencio al principio, pero cada vez más fuerte, oí la llamada de mi madre. Volví a llamar, repitiendo mi llamado para que pudiera encontrarme a través de la nube gris.

Justo cuando la criatura amarilla se acercó, ella se abrió paso y me llevó lejos. No nos detuvimos hasta que encontramos un lugar donde la nube no se había extendido, pero incluso entonces mis ojos no se habían despejado bien.

Agotado, mis patas cedieron y me dejé caer al suelo; la excitación y el miedo me hacían temblar tanto que podía sentir cómo me temblaba la piel. Mi madre me acarició, frotando su hocico por todas partes, asegurándose de que no estaba herido.

———

Vagamos durante días, tratando de encontrar el camino de vuelta a la guarida. La nube gris se había despejado por completo, pero el olor acre, aunque tenue, aún permanecía. Ninguno de los árboles había sobrevivido, y en su lugar sólo había ramas ennegrecidas y polvo gris. Incluso el estanque donde forrajeábamos estaba lleno de él, lo que hacía imposible comer. Yo estaba muy débil, y mamá también sufría. Llevaba tanto tiempo sin comer que su leche se había secado y no podía alimentarme.

En cuanto a la hermana, no encontramos rastro de ella,

ni de nadie más. Empecé a pensar que éramos los únicos que quedaban, pero mi madre me dijo que no me preocupara. Los de nuestra especie siempre se encontraban unos a otros.

El sonido de una ramita quebrándose resonó a nuestro alrededor. Nos quedamos paralizados. Una criatura alta y de dos patas nos observaba. Su rostro estaba oculto por una cubierta negra, pero sus ojos se veían a través de ella. La piel que los rodeaba era pálida, casi del color de la madera bajo la corteza. Sostenía una rama larga y extraña hacia nosotros, y cuando la criatura se movió, la rama escupió algo duro en el hombro de mamá con un chasquido furioso que me hizo zumbar los oídos. Ella gritó de dolor y corrió. La seguí, apenas logrando mantenerme cerca.

Pasamos de la tierra muerta y seca a un lugar donde los árboles aún eran verdes y el aire fresco. Finalmente, el ritmo de mamá se redujo a un trote y luego a una caminata.

Se movía cada vez más despacio, hasta que finalmente fue demasiado para ella y cayó de costado. Su respiración era superficial y rápida, sus ojos apenas estaban abiertos. Volví a llorar, intentando que se levantara. Una y otra vez la insté, pero no pudo hacerlo.

Un susurro detrás de mí me hizo girar, pensando que la criatura había vuelto. Así era, o al menos lo parecía. Esta era un poco más pequeña y mostraba más piel, aunque era del color de las hojas caídas. No llevaba ninguna rama, pero igualmente me alejé de ella.

"¡Bob, Bob!" Fue el extraño sonido que salió de sus labios.

Se oyeron más crujidos detrás de él y apareció otro, más grande, pero todavía con las manos vacías. "Dios mío, es un tapir bebé. Y detrás de él, ¡mira!" Dijo.

"Creo que es la madre", dijo el primero, arrastrándose hacia delante. "Parece herida".

Gemí, pero eso sólo hizo que la criatura se acercara más.

"Creo que voy a buscar la caja. Hay un veterinario en el

pueblo. Tal vez podamos ayudarla", dijo el más grande, antes de desaparecer entre los arbustos.

El primero continuó observándonos hasta que el más grande regresó, llevando una pequeña guarida hecha de ramitas inusuales. La puso en el suelo delante de mí y pude ver que había algún tipo de comida dentro. Mi hambre era tan fuerte que di un paso adelante.

Antes de que me diera cuenta, la pequeña criatura estaba detrás de mí, persiguiéndome hacia la guarida. Descubrí que las ramitas de las que estaba hecha eran frías y duras y no olían para nada a árbol.

La criatura recogió la guarida y me llevó. Mi madre seguía tumbada en el suelo, sin moverse. Sólo podía ver su vientre subiendo y bajando con su respiración. Lloré mientras me llevaban fuera de su vista. La criatura que me llevaba hizo un suave ruido de arrullo. ¿Intentaba calmarme?

Me puso en el suelo sobre un trozo de piedra ancho y plano, que estaba en equilibrio sobre unas cosas negras extrañas y redondas. Me quedé allí solo durante un rato, temblando contra las frías ramitas de la guarida. Entonces aparecieron las dos criaturas, sujetando a Madre entre ellas. La pusieron a mi lado sobre algo blando, y la criatura más pequeña se sentó con ella, frotando su mano a lo largo de su vientre.

El otro se movió hacia el frente de la piedra fuera de mi vista. Se oyó un gruñido profundo y, de repente, nos movimos por el bosque a un ritmo más rápido de lo que jamás podría soñar corriendo. Perdí el equilibrio varias veces, y cada vez que la criatura sentada junto a Madre metía la mano entre las frías ramitas de la madriguera y me mantenía firme, haciendo ese extraño ruido de arrullo.

No parecía querer hacerme daño, y mamá siempre había dicho que una criatura peligrosa atacaría a la primera oportunidad que tuviera. Estas criaturas habían tenido muchas oportunidades de atacarme, pero no lo habían hecho.

Pero, ¿qué eran y por qué nos querían a mamá y a mí?

---

Me desperté y descubrí que ya no estaba sobre la piedra que se movía y gruñía. En su lugar, estaba en una zona abierta llena de plantas, con una piscina en la que podía nadar y beber. Sin embargo, había algo inusual. Las plantas no eran las que normalmente comemos, y no había algas en la piscina. Me fijé mejor en el lugar donde estaba y me di cuenta de que no era tan abierto como pensaba. Un muro de ramas altas crecía alrededor de la zona, con huecos lo suficientemente grandes como para ver a través de ellos, pero demasiado pequeños para pasar. Estaba atrapado de nuevo.

Tampoco estaba mamá, ni las extrañas criaturas que nos habían traído hasta aquí. Estaba a punto de llamarla a gritos, pero alguien me llamó en su lugar. Me di la vuelta. ¡Hermana!

Ella estaba allí conmigo dentro del muro de ramas. Corrí hacia ella y me acarició. Le devolví la caricia, pero entonces vi a la extraña criatura alta que se había sentado con mamá, mirándonos por encima del muro.

"Bob, creo que estos dos se conocen. Mira su comportamiento", dijo, mientras el otro se ponía de pie a su lado.

"El veterinario dijo que el más grande de allí era todavía una cría. Quizá sean de la misma madre", dijo el otro.

"¿Cómo está?" Preguntó el primero.

"Parece estar bien, la bala sólo la rozó. Se desplomó por el hambre, no por la herida, así que el veterinario la tiene con un suero por ahora. Dice que se recuperará en unos días y que podremos liberarlos", dijo el segundo.

"¡Pero no pueden volver a donde estaban! Quemaron toda la zona para la nueva plantación. Casi conseguimos evitar que quemaran otros cien acres", exclamó el primero.

"Tendremos que liberarlos más abajo de donde estaban.

Puede que no les guste, pero es mejor que recibir un disparo de los guardias de la plantación".

---

Pasaron tres días mientras Hermana y yo esperábamos, siendo mirados por las extrañas criaturas. Al principio, me preocupé, pero llegué a ignorarlos a menos que trajeran comida.

Al atardecer del tercer día, para nuestra alegría, mamá fue puesta dentro del muro con nosotros. Todavía estaba débil, pero ya podía ponerse de pie y volver a darme leche.

Al cabo de otra semana, nos pusieron de nuevo en la extraña piedra gruñidora, cada uno en su pequeña guarida. Se movió rápidamente como antes, pero no nos llevó de vuelta a nuestro hogar. La zona en la que las criaturas finalmente nos dejaron ir era bastante similar, pero los árboles estaban en lugares diferentes y los estanques donde iríamos a buscar comida eran más grandes que los que estábamos acostumbrados.

Allí había otros de nuestra especie, algunos tan jóvenes como yo. Corrí con ellos, jugando mientras nuestras madres y hermanas comían.

No era nuestro hogar, pero tal vez *podría* serlo.

# Espejo de Agua

MIRO A TRAVÉS del muro de color aguamarina congelado que ha sido mi compañero constante durante tantos siglos. Refleja mi forma desaliñada, pero también puedo ver a través de ella las montañas cubiertas de árboles que hay más allá. No es la primera vez que me pregunto cómo es posible que nadie sepa que el hielo y yo estamos aquí.

Los viajeros y comerciantes pasan regularmente con sus carros, pero nunca le dedican una mirada. Por supuesto, los caballos y el ganado que llevan se alejan del hielo todo lo que sus amos les permiten, pero los humanos no les prestan atención.

A veces creo que lo entiendo, porque aunque mi forma original y actual es humana, he vivido las vidas de muchas especies entre ellas. Sólo cuando mi primera vida humana llegó a su fin y mi forma se transformó inesperadamente en una bestia -un zorro ártico, creo- vi este muro helado como lo que realmente es. Una sola capa de Espejo de Agua endurecida, de apenas una pulgada de espesor, pero tan resistente a la fuerza como dos metros de hielo.

Lo curioso: el Espejo de Agua nunca es de origen natural. Siempre es traído por aquellos que lo buscan, y quienes lo buscan no se han revelado ni una sola vez. En cualquier caso, *quién* lo levantó no es importante. *¿Por qué* se levantó...? Esa es la verdadera pregunta.

Pero por mucho que lo medite, no consigo encontrar una respuesta. El Espejo de Agua no encierra más que algunas rocas, árboles petrificados y una gran cueva vacía (en la que, confieso, he vivido durante varios siglos; lo sé, lo sé, no hay depredadores aquí y la temperatura es constante, pero la cueva tiene una sensación bastante "hogareña").

Y ahora, entrometiéndose en mi tranquilo día, el suelo más allá de la pared cruje cuando alguien se apresura sobre la flora cubierta de hielo. Probablemente sea otro mercader o un depredador hambriento y persistente que busca cualquier resto que pueda encontrar.

Por desgracia, mi interés se ha despertado y me acerco para ver qué es. Estamos en pleno invierno y, aunque no puedo saber exactamente el frío que hace, porque no hay nada, ni siquiera una brisa que impregne el Espejo de Agua, está claro que las condiciones del exterior no son en absoluto acogedoras para nada.

Descalzo y vestido con harapos, un niño se acerca corriendo hacia mí. Tengo que preguntarme cómo ha sobrevivido esa lamentable criatura a la distancia que le separa del pueblo. Curiosamente, no está temblando. De hecho, parece ignorar por completo el clima.

Se acerca rápidamente y espero que se estrelle contra el Espejo de Agua, pero no lo hace. En lugar de eso, se detiene, levanta la cabeza como si quisiera examinar la enorme envergadura del mismo y sonríe. ¿Qué le pasa a este chico? Después de todo este tiempo, ¿es alguien que realmente puede verlo?

Coloca su mano en la pared. Sisea y aparece un agujero del tamaño de un niño. Lo atraviesa y yo lo miro fijamente.

Me devuelve la mirada, observando cada detalle de mi cuerpo delgado y desnudo (cuando se vive solo durante tanto tiempo como yo, el pudor de los humanos normales parece una tontería). Se ríe y, jadeando, dice: "¡Estás aquí de verdad! Temía que hubieras perecido hace tiempo, antes de que tuviera la oportunidad de recuperarte". Su júbilo es tan grande que se pone a bailar en círculo.

"Perdona que te interrumpa", digo, irritado por su estruendo en mi normalmente tranquilo recinto, pero, "¿puedo preguntarte sólo una cosa? ¿Quién demonios *eres* tú?

La risa muere en sus labios. "¿No lo sabes? Pensé que ellos te habían explicado todo cuando te trajeron aquí".

"¿Me trajeron aquí? Recuerdo que me golpearon en la cabeza, me ataron y amordazaron, y luego me desperté con el Espejo de Agua completamente formado y aislado de todo lo que conocía. Fue hace mucho tiempo, pero mi memoria no ha fallado", respondo con amargura.

"No era así como lo había planeado", dice, tirando de su pelo. Tal vez debería empezar por el principio. "Soy tu amo, Phin, y te hice traer aquí para protegerte. El Espejo de Agua era para tu beneficio, nunca quise desterrarte del mundo, al menos no por tanto tiempo".

"Sí, ochocientos años *es* mucho tiempo", digo con amargura. "¿Y qué quieres decir con que eres mi "amo"? No soy un sirviente, chico".

"Guardián, entonces. Y no soy un niño. Soy lo que se conoce como un Recordador. Tú también lo eres". Nota que me estremezco y se vuelve hacia el agujero que ha hecho en la pared. Pasa la mano por él y se cierra de nuevo como una cremallera.

Le miro con cara de circunstancias. "¿Un recordador? ¿Te das cuenta de que no tengo ni idea de lo que significa? Y si eres mi... Guardián, creo que fracasaste en tu tarea".

Mi comentario le hace parecer culpable. Se lo merece, el muy desgraciado.

Bueno, en primer lugar, un Recordador es un ser que vive a través de los tiempos, adoptando muchas formas diferentes y vigilando el mundo para intentar evitar que se repitan los errores. No hay muchos de nosotros. Incluyéndome a mí y a mi propio maestro, tú eres el único otro. Entonces eras joven y vivías tan cerca de la zona de guerra que tuve que mantenerte a salvo. Se suponía que sólo sería por unas semanas, mientras ayudábamos a negociar un tratado entre las naciones. Pero en lugar de eso fui capturado y estuve como esclavo hasta que murió el último descendiente de mi captor.

"Mi maestro intentó liberarme muchas veces, pero fue golpeado y cazado sin importar la forma que tomara. Ahora está esperando en la aldea, con la esperanza de conocerte".

Intento no resoplar. La brusquedad de toda esta situación me está mareando hasta el punto de la histeria. Tengo que sentarme. ¿Cómo puede pensar que puedo asimilar todo esto, después de tantos años de silencio?

"Así que dices que soy como tú. Un... Recordador. ¿Qué utilidad puedo tener? He estado atrapado aquí, sin poder ver el mundo".

"¿Estás bromeando? Debes llevar siglos mirando a través de esta pared todos los días. Puedes ver las montañas, la ciudad, los viajeros que van y vienen, las enfermedades que asolan la flora y la fauna... El conocimiento que has acumulado es seguramente considerable. Mucho más de lo que yo he adquirido en ese periodo. Así que, ¿quieres venir conmigo al mundo? Te necesitamos".

Me tiende la mano. Después de todos estos años, ¿podré por fin *dejar* este lugar? Miro a mi alrededor y luego a él. "Con una condición", le digo. "Nunca intentes "protegerme" de nuevo".

Traga saliva ante la severidad de mi tono mientras me inclino sobre él. Puede que mi cuerpo sea delgado y débil en este momento, pero al menos soy más alta que él.

"Entendido", murmura.

Querido lector,

Esperamos que hayas disfrutado leyendo *Cuando el Bardo Vino de Visita*. Tómese un momento para dejar una reseña, incluso si es breve. Tu opinión es importante para nosotros.

Atentamente,

Kathryn Rossati y el equipo de Next Chapter

# Sobre el autor

Kathryn Rossati es una escritora de fantasía, ficción infantil, cuentos y poesía.

Su interés por la escritura se desarrolló a una edad temprana, cuando trató de archivar todas las aventuras que mágicamente se formaban en su cabeza, resultado de estar en el espectro autista y de tener un proceso de pensamiento muy marcado por la imagen.

Actualmente dirige un blog en el que publica poesía, relatos cortos, reseñas de libros y consejos de escritura. Algunas de sus obras anteriores se publicaron bajo el seudónimo de Kathryn Wells.

Sus autores favoritos son Diana Wynne Jones, Suzanne Collins, Jonathan Stroud, Neil Gaiman, Garth Nix, J. K. Rowling y David Eddings, por nombrar sólo algunos.

Para obtener más información y una lista completa de sus obras publicadas, visite su sitio web:

http://www.kathrynrossati.co.uk

Cuando El Bardo Vino De Visita
ISBN: 978-4-82410-695-7

Publicado por
Next Chapter
1-60-20 Minami-Otsuka
170-0005 Toshima-Ku, Tokyo
+818035793528

21 septiembre 2021

www.ingramcontent.com/pod-product-compliance
Lightning Source LLC
LaVergne TN
LVHW091422190726
843491LV00006B/1551